中国少数民族文学发展工程
翻译出版扶持专项（民译汉）

父辈的故土

【著】万玛仁增（藏族）
【译】切　蒋（藏族）

作家出版社

编委会名单

目 录

第三辑 神域赛宗

第一辑

『瑞灯』九泉合流

“瑞灯”九泉合流

“瑞灯”（藏语音译，大意为希冀、希望、愿望等）这个亲热的词，从字面理解，是“瑞瓦”和“灯巴”两词合二为一的简缩，有两层含义。据《新编藏文字典》释义：“瑞瓦”一词，意指想成就一番事业抑或主观想发生某件事情的心愿，而“灯巴”则可理解为希望、羡慕、祈愿、欲望等。

倘若一个人有“瑞灯”，就会有自己的目标，从而更加努力向上，无论是国家、民族，还是家庭，“瑞灯”甘露总会滋养鲜活生命并使其愈加生机盎然，它是生活不断向前的源泉。故，“瑞灯”乃实现目标之动力和不懈精进之水流矣！

说白了，芸芸众生终究在为自己的“瑞灯”生活，为实现自己的大小“瑞灯”而孜孜不倦、前仆后继，以自己的人格担当游历奋进于时间的湖泊。

那年，我大学毕业有一年多了，在安多（藏语，指青海、甘肃、四川等藏区）重镇西宁一家藏族新闻单位做聘用工，整日为自己的衣食忙碌，不知疲倦。当时，同事的孩子多半已经上学了，每当那些孩子到父母办公室玩耍嬉闹时，他们彼此之间竟然完全用汉语交流，而藏语词句却一个都难从口出，这真是出乎我的意料。个别孩子是真的不会讲藏语了，为此，我多次跟同事们争执过。有些同事甚至觉得这是一件引以为荣的事情，用调侃的语气跟我讲："将来你有了自己的孩子，才会明白其中的缘由。"后来，我逐渐了解到，这是在西宁工作的好多藏族家长面临的一大难题，也是摆在眼前的不争事实。

说来也不是谁的罪过。西宁的普通学校不会设置藏文课程，因此，每当寒暑假来临时，某些有远见的人士为藏族孩童办起藏文培训班，这样的事理所当然地成为重大新闻，随之各藏语电视台、电台、报纸等媒体争相报道、宣传，成为藏族记者们茶余饭后兴趣浓郁的话题之一了。

据说，不会讲丁点藏语的孩子和汉语不太标准的家长之间沟通，经常闹出一些哭笑不得的故事。听说有这样一则笑话：有一日，某父亲让自己的孩子到外面买件东西，临走前叮嘱孩子快去快回，并答应给他一点"啦"（意为小费、跑腿费，与香獐同字同音）作为回报，孩子不知道"啦"的意思，便问道："'啦'是什么东西？"这个确有其事的笑话，也反映了在西宁藏族父子间普遍存在的莫名的隔阂与距离。

当时，我真是个天不怕地不怕的莽撞青年，无端地膨胀一种莫名的傲慢与偏见，对他们的言行总是完全不赞同或由衷地不理解。后来，我成家了，一位可爱的小公主出世了，我成为人世间的一名父亲了。在女儿渐渐成长的过程中，我严格要求妻子要对女儿言传身教，硬把女儿送到不会说一句汉语的爷爷身边，尽量创造说母语的各种条件。再后来，女儿被送到一所双语幼儿园，我本想把这件事引入故事当中慢慢铺展，但我正在埋头写作的是一篇纪实性很强的严肃的散文，只能顺从散文的真实性而不敢任意"跑题"了。

平常日子，对于我这个习惯了睡懒觉的邋遢人来说，早晨六点起床是件像兔角或龟毛一样非常稀见的事。可是今天正值9月1日，和全国所有孩子一样，我的女儿也要准时上学报到，尤其是在昨晚，她一再要求我这个爸爸送她上第一天的学。这几天，妻子便头昏脑涨、口干舌燥地跟我讲“对小孩学藏文，四邻的藏族家长都不抱任何希望，他们觉得把小孩送到普通学校好，我们何必自讨苦吃呢”，如此等等。而我以几乎磨损完我的牙床和腮骨为代价，跟她不厌其烦、耐性十足地讲：“学汉文固然很好，但同时学会藏文难道不更胜一筹吗？”终于我的努力有所回报了，妻子被我说服了。一个崭新的清晨，我揣着喜悦的心情与朝阳一同起了床。

起床时，小小房间充满了既勤快精明又有一手好厨艺的妻子的脚步声和女儿花朵般绽放的笑声。女儿见到我，一边高兴地喊“爸爸起床了，爸爸起床了”，一边敏捷地溜向在厨房忙碌的妻子，恰似我的心愿小鸟一样飞过美丽的晨景追逐甜美的理想去了。我照着镜子，从如贝的牙齿到脸面里里外外洗漱一遍，顿感身心轻盈如飞燕，上下舒畅了许多。想到昨天幼儿园只有一名学生报到的事，耳畔再次响起那位藏族老师坚决的话语——哪怕只有一名学生，也要把这个班继续办下去。昨天我和妻子领着孩子到城东一所普通幼儿园双语班报到时，发现只有一名藏族学生报了名，上述那句话是在我了解情况时那位藏文老师的感慨。

这个双语幼儿班是2008年由一位热衷于藏语文的蒙古族同志积极筹办的，他在一所普通幼儿园的三层楼上租用两间房子当教室用，当初有九名学生和三名老师。与这座城市的藏族人口相比，两间教室就显得微不足道，根本不成比例。但希望的种子总算发芽了，我打心眼儿里高兴起来，毫不迟疑地把女儿送到双语幼儿班，还在各种场合向亲朋好友极力推介该幼儿园。昨天我到学校时，双语班正从三楼搬往一楼，问其原因，才明白原来学生人数太少，挪到一楼的小房间以便减轻房租负担。

此时，洗脸水和雾气布满镜子，模糊了我的脸面，我突然感到有些悸动，不停地赤手擦拭镜子，于是，留下手印处渐渐清晰了自己的容貌，但很快又被雾气遮蔽了，一脸模糊，随后，慢慢滚落的水珠持续搅乱了我的心绪。

近期，有位朋友来电话要求我介绍一所在西宁的幼儿园，我立刻向他推荐了那所幼儿园。

“不不，一所普通的幼儿园。”他说。

“那边有藏汉双语教学！”我回答。

“藏文可以没有。”

“我们的孩子一定要学好藏文！”

“在藏区，藏文用处太少了，这你不知道？”

我无语，喉咙像是被什么东西卡住了。

“爸爸，快来吃早饭！”女儿在叫喊。

早饭期间，我向妻子讲：“昨夜梦见双语班满教室都是藏族孩子，人头攒动的景象……”妻子回应：“梦境跟现实永远是对立的！”我又向她义正词严地叨咕了很多道理，女儿一边虎视眈眈地盯着我俩思辨似的对话，一边把所有的愿望收进自己的小小书包，继而背起书包要我送她上学去。藏族人讲究因缘征兆，因此，我也觉得上学第一天迟到不是什么好兆头，便跟着女儿蹒跚的脚步走去。

外面细雨蒙蒙，我撑着雨伞出去。马路两旁的柳树连成一排，绿油油地伸向远方，走近柳树下一时感觉雨似乎停了，但零星的雨滴从枝梢间、叶子上滑落，淋湿了衣服，马路上大小车辆急速飞驰，像是跟我作对似的。偶尔有疯子般疾驰的汽车溅起满地的泥水抛洒在我的脸和身上，着实让人忍无可忍。我暂且只能把这一切归结为日益窄小的空间或者人心衰落的一个过程吧。

一路上，从未有过的心力让我一再敦促女儿在学好汉文、英文的同时，一定要学好自己的语言文字，并以讲故事的形式向她描述：青藏高原亘古以来就是我们的故土，自大智大慧的吞米·桑布扎创制藏文以来，我们的祖先凭借自己的语言文字保护并扩张美丽广阔的疆土。同时，我记忆深处涌现出11世纪初，正统藏王后裔赤南德温统治朵康野毛塘（现今青海西宁为中心的广大藏区）时期的情景——据史书记载：此君在西宁地方建立青唐城，城墙内外三圈，上下七层，好比帝释天宫，气势磅礴；四面宝幢飘扬，形似大鹏展翅，镶嵌五宝耀眼夺目，令人心旷神怡；在城墙外圈仿效四大天王由四名护城日夜守卫，城门之顶专设望哨碉楼雄视四野；宫内依次设有司伦（原西藏官职名，地位较噶伦为高）、噶伦（原西藏官职名）、文武大臣、外务大臣、内务大臣、近侍等官阶，以辅佐君王日理万机为荣，国泰民安，一片祥和繁荣；还有宗喀巴、更顿群培等高僧大德从此地出发智游藏地，享誉世界，如今成为我们子孙后代引以为荣的精神遗产。我畅游在历史的记忆深处，不知不觉已经到了学校门口。

我送女儿到教室门口，发现四五名同学早已就位。在教室的墙壁上挂有帐篷、牦牛、穿藏装的小孩等图片以及三十四个藏文元音、辅音字母，特别是一张大智大慧吞米·桑布扎的彩色挂图完全吸引了我的眼球，让我不由自主地想起他的一首偈语：

恩人吞米·桑布扎，
远赴险恶印度地，
历经酷暑众磨难，
拜谒梵志黎敬师。
心底敬信感德他，
献给金银珠宝礼，

深奥字义讲给我，
解决心中疑和惑。
熟习文字韵律论，
五十梵字为楷模，
终定藏文三十字。

如此感慨连同他创制藏文后激动的泪水唱响，完全湿润了我的心田。曾经，十六位聪颖俊秀的藏族青年被派往印度学习，不料其中一些人因惧于深山壕沟而退缩了；一些人虽然到了印度，但死于酷暑。最后吞米孑然一身完成在印度的学业，荣归故里，此情此景恍如昨日，依旧历历在目，我的眼睛渐渐模糊了。一位藏族女老师满脸微笑地迎接我和女儿，她让女儿坐在板凳上，就开始滔滔不绝地讲：这个班用藏汉双语进行教学，这学期开始增设美术、英语、音乐课，等等，按学生自己的学习兴趣培养，一口气介绍完，接着又说必须懂得本民族的语言文字等一大堆热心话。台下学生们目不转睛地盯着台上的老师。

我在她面前变得渺小了，心中忽然想起如今语门堵塞的藏族“大学者”、“机智精明”的硕士博士生、自大自满的政府公务员、蔑视和恶语讥讽藏语言文字的“同胞”们，以及他们苍白的脸色和狐狸一般的性格来。

突然想起在北京学习期间，每个星期日，藏族小伙子久美乘坐一小时的地铁到我们学校学习藏文，将近一个半小时的时间，他跟我认真学习藏文拼读、造句、口语等课程，然后急忙乘坐地铁回去。小伙子久美由于父母工作原因在北京某中学就读，在学校，与大部分北京的学生一样，学习汉语、英语、数学、历史、地理等课程，周末还要到美术、钢琴兴趣班参加学习，虽然学业繁重，但他认为懂得藏文是自己不可推卸的责任。

至今我还记得，他在一篇日记中这样写道：“我的藏文基础很差，爷爷经常鼓励我学藏文，爸爸也这样教育我，因此，我不能辜负他们的殷切期望。”这成为我的精神动力和思想武器。

藏族著名教授多识先生在一次讲座中提到，在加拿大有一个藏胞家庭，老家是甘肃拉卜楞的，他家一位博士生姑娘前来请教先生，姑娘不仅藏语熟练，而且发音精准，先生惊奇地问：“姑娘出生在何地？”姑娘答曰：“出生在加拿大！”先生刨根问底：“在加拿大如何学到如此地道的藏语？”姑娘答曰：“这完全是父母的功劳，小时候家里有个规矩，每当吃饭前，小孩儿们必须说三句藏语，否则，不允许就餐。”日复一日，便学好了藏语。这件事，深深地烙在我的心间，犹如春天的田野撒满希望的种子，夏日的枝头休憩美丽的布谷鸟，秋日的粮仓堆满珍珠般的五谷颗粒，冬日的山村普照万丈阳光！

这种酸甜苦辣的历练和煎熬，以及那位藏族女教师的精神和热诚，让我感动，又让我惭愧，不知不觉间想起享顿·丹巴嘉措在《箴言宝串》中的一首诗偈：

与人和睦相处是根本，
效仿一切所见则无知。
学好众多语言虽美好，
忘记母语则是惭愧事。

我深情朗诵这首金子般的格言，向那些孩子讲授一遍，随后在小黑板上用藏文楷书写了“尊严”两字，教他们念诵，并简单地予以讲解：他们是祖国的荣耀、民族的尊严，便转身离去。

屋外阳光灿烂，夹杂着些许雨滴像我的愿望直直落下，到处一片白茫茫。从未有过的舒适感从我的体外到灵魂深处浸润，随之，我的脚步踩着世间厌烦，折叠起钢筋水泥的连绵，踏上了回家的路。

后来，女儿临到大班时，按妻子的要求送普通班去了。从此，短短两年时间所学的三十个藏文字母和四个元音也渐渐忘记，甚至老师教会的那首念念有词的《我们是一家人》也忘得一干二净了。

现在的藏区，成千上万的藏族父母从不关心未来教育的发展趋势，无怨无悔地继续着自己的一种生存方式。想起那些仍然孜孜不倦地学说藏语文的无奈现实，脑海中不由得浮现那些受过良好教育且"肥话"连篇的、跟贵族似的藏族大人正在丢失母语和颠倒历史黑白的情景，让我疼痛难忍。

昨晚，我梦游西宁藏人一条街，看见穿着藏装、讲着藏语的很多青年手拿一大叠宣传册子，争相宣传着藏文识字、书法、讲演、写作、翻译等培训班，在墙壁上到处张贴了藏语讲座和文化保护方面的各种通知，父母们领着自家孩子随个人兴趣选择班级、报名签字、聆听讲座，好一个热闹非凡的场景。

人们一再认为梦是反向的，而我认为应该正面理解梦境才对，所以，我把昨夜的梦当作吉祥的前兆。此后还听说，富有远见的、心胸宽阔的几位藏族青年与退休老人在古城西宁自愿办起藏族儿童藏语文培训班，讲授藏文、英语。尤为高兴的是，在北京和西宁的某些家长相继把自己的孩子送往共和、贵德、尖扎等地学习藏语文。如此喜事，眼见为实，耳听为证，让我由衷地高兴，心想那些家长和孩子的"瑞灯"是何等美丽啊！

2014年，当清晨的第一缕阳光洒满大地时，青海藏族研究会牵头组织，利用寒假时间举办藏文培训班，且免费招收有兴趣的藏族学生。我主动取消了女儿原来的所有寒假安排，送她上了一年级，重新从第一个藏文字母开始学习。

这次，我与妻子不再像往常那样争执不休，报名那天也是她自愿前去的。但女儿开始埋怨寒假时间全部用在藏文学习上，而且每天早上七点起床、八点上学，没有一点休息机会。我则向她郑重承诺，凡爸爸在家期间，每天早晨七点起床准时送她上学，休闲时间可以适当地看些电影与电视节目。这个诱人的条件，女儿无法拒绝，于是向我点头答应了。

那天，我送女儿到学校时发现有两百多名学生，而识字班与女儿年龄相仿的孩子也有三十余人。为此，我真正高兴了一天，不由得想起"口说但浮沤，实践乃金滴"这句钻石般的藏族格言。女儿学藏文的兴趣也日趋高涨了。在他们课本背面印有斯大林的至理名言：民族是人们在历史上形成的一个有共同语言、共同地域、共同经济生活以及表现在共同文化上的共同心理素质的稳定的共同体。倘若一个民族长久生存在历史舞台，需要广泛应用、发展本民族的语言；倘若消灭一个民族，首先消灭其语言，民族也随之消失殆尽。我不断重复着这句真理。

今天，二十多天的藏文培训结束了，女儿从西宁打电话报来喜讯，她在本次考试中获得第一名的好成绩，整整一天，我的心情像藏历四月的天空一样晴朗舒畅。至此，寓意在这篇散文中的曲折故事也几近结束了。

不管怎样，至于我，自愧不如伟大的先贤和巨浪滔天般奋发向上的父母们。但现在，我满怀自豪与勇气，在一间小屋的墙壁上挂上黑板，向女儿教授藏文，让女儿学说藏语，讲述历代赞普（藏王）和金山连绵般的智者们的故事。这是我生活的一条原则，或者也可以说是犹如正在流淌的人生江河中猛烈颠簸的帆船一样的"瑞灯"吧。

朵木萨

藏语中，大地又称为朵木萨或朵玛（音译，意即地域窄小、范围促狭），实乃纯金般的寓言，没有丁点瑕疵。

每当诵读抑或领会这句寓言时，我就情不自禁地想起那些大城市的老人在白布上书写的各种告状信：我们需要阳光；宅地是汗水的结晶；神圣家园血肉相连，我们哪儿都不搬；等等。2009 年，我在北京学习的空当，有一次去通州看望一位老朋友，在那里，不足百八平方米的房子被分割成五六间小卧室，租给北漂的人们居住。那种拥挤不堪、水泄不通的情景仍历历在目。北京人把他们形容为“蚁族”。六月灼热的天气中，他们浸泡在滚滚热浪和淅沥汗水里，蜷缩在只有一张床大小的房间，不停地擦拭着汗水，眼前支个电风扇勉强熬过漫长夏日。此情此景，我无法用语言描述。

今年，日本同中国掀起有关钓鱼岛的领土争端，我方坚决、明确地主张钓鱼岛是我国不可分割的固有领土，神圣不容侵犯，不让半分领土落入他人手中，而日方又无理取闹，叫嚣着一里地儿也绝不划分出去。以此，我逐渐理解了古人金子般的智慧，豁然领会到“区区人间小地儿，楚楚幽暗阴间”这句藏族谚语的深层含义，心生无限的感慨和不适。

于是乎，每当回到故乡塞嘎山麓时，我的身心往往趋于宁静和平稳，那湛蓝无比的天空，绿意盎然的草原，星罗棋布的羊群，逐水草悠然迁徙的牦牛，扑鼻而来的青草的芳香，具八功德的山涧流水，还有百花争艳、万枝摇摆随风翩然起舞的花海，那是人间享受不尽、百看不厌的迷人风景啊！

如此壮美的景色牵动了无数的人，无论是远在他乡的游子，还是足不出户的乡亲们，他们都不愿践踏故乡的一草一木，显得那么地恋恋不舍。有这么一个笑话在当地传了开来：有一天，来自农区和牧区的几位朋友结伴到草原消遣玩耍，那位来自农区的朋友被草原的风光吸引，他想到水草茂盛的草场中央休憩一会儿，但生疏于牧区的生活，见草场被铁丝网严实围住，便问主人："我可以到草场去歇会儿脚吗？"主人不无幽默地回道："完全可以，但不可以吃草！"

这是个再普通不过的笑话而已。近年来，每当听到老家的某谷地采矿空前透支，某邻家草场沙化严重且家畜所剩无几，某山川水源早已枯竭，甚至从前满大街随处可见的流浪狗都已经不见踪影等噩耗时，深藏在笑话背后的朴素哲理，似是重重掴在脸上疼痛难忍的一记耳光。

特别是灌木丛生、漫无边际的子科滩，如今被称作兴海县的小镇一隅，形态各异的高楼大厦像是从地里长出般此起彼伏，鳞次栉比，把原先的空间挤得越发窄小，往日熟悉的地方弹指间变得陌生起来。

今年夏天，在阳光明媚的晌午时分，我下班回到家，在院子中央，父亲气急败坏地破口大骂："这些畜生，连巷道都敢堵截，如果谁敢添砖加瓦截断巷道，我就立马把它夷为平地，不然，我不是生母养的儿子娃。"

起初，我不明事情的原委，但看到父亲气得手脚乱颤，又连连脏话骂人，便断定不是个小问题了。父亲辞去公职后，就独居屋内很少出门，因此，他的心情不是很好，性情也变得固执起来。当时我不敢直面问明原因，渐渐地，我顺着他的脾性，待他稍稍平稳下来，才拐弯抹角地问起此事。原来，先前的邻居卖掉庄廓后，新搬过来的主人想把院前的巷道纳入自家院内，以此扩大院落规模。按县里的城镇规划，这是绝对不允许的。百闻不如一见，我直奔现场一看，果然发现围墙用的砖块和沙石都早就运到。本来，我也想跟他理论几句，但看在新邻居的分上，加上之前父亲又痛骂了一顿，便退了回来。

城镇统一规划的时候，县城镇规划和建设局为我们每家每户铺设了简便的柏油路，虽然质量没那么好，但它不仅是我们这几户人家寒风冷雨中必经的通道，而且是运送货物和老人们出去散步的唯一路径。少数人为了自己的利益任意占用公共空间是不对的。所以，我理所当然地站在父亲的立场，劝说父亲不要生气："咱们上面有政府，倘若他们一意孤行，不肯让步，可以向县城镇规划和建设局投诉。"我说了一大堆安慰父亲的话语，努力平复他亢奋的情绪。

近年来，随着城镇人口剧增、房价猛涨，人们连片儿大的地方也不会随意闲置，甚至连牧户人家绿油油的草场和冬夏迁徙的牧道都被任意截断，据为己有。

因此，如今道路变窄了，空间变小了，空气变坏了。不经意间，感觉像雾霾一样，我的五脏六腑、生活起居、人文习俗都受到巨大的冲击，逝去的某些岁月便萦绕在心间，挥之不去。

至今，我们家搬迁过三次。第一次，是在兴海县纳唐乡一个叫恰德的地方落脚。有关它的名称由来，老人们持两种观点，一种认为因离村庄不远处有两座叫恰得和拉德的小山而得名；另一种认为此处以前是旺什代海·都许的辖地，他逝世之前曾许愿，此处将诞生恰拉（音译，意为雄鹰）一样的人物而得名。不管怎样，这个地方如人间仙境般水草丰美，景色绮丽。村落右边矗立着佐达圣山，左边铺张着塞唐草原，村口汹涌澎湃的河流逾越峡谷奔向远方。全村只有五六户人家，每家每户都拥有自己的羊圈、牛舍、马厩、苗圃，还有草场和十余亩耕地，是个典型的农牧结合村落。

农作物方面，可以种植小麦、青稞、豌豆、土豆，还有葱蒜等蔬菜。至于家畜呢，每家每户有十几匹马和五六百只羊、六七十头牛以及些许山羊。草原和森林深处经常出没着狼、兔子、獭獭、盘羊、香獐等野生动物。它们自由自在，过着平静的生活，与大自然、人类融为一体。那时，不像今天，河畔没有掘金和捕鱼的人，而且到处可以拾到水葫芦。

路况方面，有汽车通行的马路，有牧场迁徙的小道，有人畜共用的便道、山路、田路，还有水路等纵横交错，四通八达。

村头小山背后有座玛尼堆，那是我们五六户人家转经和许愿的场所，若玛尼堆遭遇雨水和寒风的侵蚀，有半点缺损坍塌，乡亲们就不约而同前往及时修缮，和泥巴的和泥巴，上漆的上漆，一会儿工夫，便大功告成。村里不管谁出远门或千里迢迢回乡，首先都要到玛尼堆转三圈，那是虔诚的人们约定俗成的生活习性。

小时候，我是一名很好的牧羊娃，到现在，我还依稀记起智娘和年毛沟、大小龙干谷地、查第渡口、上下贡托、才果山角等很多地名，如数家珍、朗朗上口，于是心情随它们回到童年的记忆里不能自拔。

我的父母非常喜欢文化知识，送我们五兄妹上学是他们一辈子最重要的愿望和目标。当初，把我和哥哥送到纳唐乡寄宿小学。学校离我们村庄有三十多公里，那时，整个纳唐乡只有两三辆解放牌的汽车，我们只能徒步来回。夏天，去往学校的遥远路途中，若感到饥饿，我们便采摘野蘑菇充饥，若感到口渴，便摘下母乳花（当地特产的一种花草）吸吮其汁液，那种莫名的爽口劲儿，如同夜酒微醒的清晨喝一口冰镇可乐般，丝丝甜味浸润着干渴的喉咙。后来，父母不满于当地的教育条件，除了几口家畜，卖了所有能卖的家当，迁到兴海县城所在地子科滩，这便是我们家第二次搬迁的理由了。

我们家搬到县城是在 1989 年，那一年，县城没有一座楼房，也没有多少居民，每一户庄廓的前后都很宽阔。从大城市来的人们顺口开玩笑说，兴海的十字路口活跃着很多兔子。如果某单位新来了一位员工，全县城立马就知晓，并且作为新闻到处传播出去。

我的父亲是一位喜欢树木花草的人，在庄廓后院围起一个不大不小的苗圃，满院子种了柳树、松树等，绿荫一片。等到夏日酷暑时，父亲就喜欢跑到树荫下吃午饭和晚饭。我们兄妹几个，也无数次跑到那里背诵课文或嬉闹。

值得高兴的是，那时我们的空间很宽广，老人经常可以坐在院子前念经、聊天，生活无不自在、轻松。如今呢！他们像动物园里的动物一样，大门紧锁后，把自己关在牢笼似的屋子里，过着提心吊胆的日子。如果不这样，等孩子们上了学，那些别有用心的陌生人利用推销商品、乞求食物等由头，盗窃钱财又如何。

再往后，我们家搬到如今的桑当路。搬到此处，还是因为当时的庄廓太大而仅靠父母两人难以收拾，便在桑当路买了比以往小一点的庄廓。搬家之初，没人感觉到它的小，但是自 2005 年起，随着三江源生态保护区的政策实施，很多牧户人家陆续搬迁到城镇定居。除此之外，为了配合国家的水电建设需要，一大批农庄也迁来落户。2009 年，海南州实施资源整合、集中办学的政策后，以前的很多小学集中到县城，为了照顾那些生活无法自理的小学生，很多有条件的家长也到县城租房、买房，陪读孩子。今天，县城四面八方铺设了柏油马路，条件比以往好多了，很多外来的生意人也蜂拥而至，可谓门庭若市，人头攒动。进而再宽的马路也开始变窄了，再大的空间也开始变小了，各路小偷、赌徒渐渐多了起来，败坏的社会风气像田间杂草般露出头角，而勤恳的农夫再怎么努力、折腾，生活还是皮绳割断般难以为继、一落千丈。

随着全国性房价上涨，兴海县的房子也毫不例外地日益快速涨价，无论是公务人员、普通百姓，还是商贩、官员，都把拥有一所房屋作为这辈子的重大目标，而实现这一目标，眼前的困难越来越多。

有些人声称，这座县城越来越变得陌生起来，其含义可以理解为：一是高楼越起越多；二是人口越涨越密；三是这两年春节和寒暑假期间，以及一般性节假日当口，入室抢劫等现象频频发生，而相关部门却熟视无睹，任其猖狂。

今年春节，我们新社区一户人家遭到小偷入室抢劫，夫妻俩辛辛苦苦购置的家当，如珊瑚项链、银质奶钩（挤奶工具，当佩饰用）、贵重烟酒，甚至连小孩积攒的年岁钱都不翼而飞了。据说，那些贵重物品平时锁在保险箱里，但小偷使了魔术般轻易拿去。

藏族谚语云："好邻居马不换"，实乃金子般的至理名言。如今生存空间越变越小了，相互之间无端地生起猜疑和顾忌，人人疑神疑鬼心神不宁地过着日子，但也难以防范，不幸的事接连上演着。

从前，人们宰杀牛羊，会分出一点作为礼物送给邻居，甚至，有一家烹制了好吃的食物，也会端给邻家老人们分享。春季农忙播种时，夏季削剪羊毛时，秋季收割庄稼时，或冬季宰杀牛羊时，邻里之间相互帮忙，借用工具等便是顺理成章的习惯。可惜如今，你有事到邻家敲门，不用说开门相迎，屋内倒死寂一片，连句"谁呀，有事吗？"的简单响应都很少听到。

原来，我们建设美丽牧、乡村的本意是，发展又好又快、环境优雅干净、村落有序别致、管理民主文明。但在实际生活中我们去亲身体验的话，像是醉汉走夜路一样恐怕找不着北了吧。

今年，全国乃至全世界都算是风调雨顺的年份了，我们这个县城也不例外。但住平房的人们开始埋怨老天爷了——这天气，像是漏了个洞似的。

有一夜，滂沱大雨如倾盆泼下，持续了十几分钟，但院前空间窄小，加上水渠两边的石块早已被偷光，雨水、污水从水渠两边漫过来，又倒流进院子，水汪汪一片。于是大家挽起裤腿涉水过去，提着水桶开始往外抛。大家齐心协力，忙了将近一个小时，总算把院子的积水清理完毕。

我在前面讲述过，当初城镇规划时，政府给每家每户院前修了简易的小路和水渠，但是，因人们的贪婪和欲望，截的截，堵的堵，各自随心所欲地占用了公共空间，才酿成如此窘境。

今夏阳光明媚的一个中午，我在下班回家的路上，看见一群人挤在一起，围观墙壁上的一则通告，他们手舞足蹈，议论纷纷。我上前打探，通告大致如下：

为了社区规划和方便群众，道路、院落、绿化等基础设施已配置完毕，各住户一律按国家相关规定，院落规模长为18米，宽为15米，不得在此范围之外私自围墙，占有公共通道和绿化地带，否则后果自负。

县城镇规划和建设局

我急忙想把这个好消息带给父亲，便飞速赶到家里。父亲在院子中央给他心爱的各种花木浇水，脸上泛起由衷愉悦的光泽，如珍珠般温润慈祥。我推测他早已知晓了这个消息。他的表情像是凯旋的英雄般风光无限。

当时，我想起那些目光长远、胸襟宽广的前人宇宙般高远深邃的智慧，以及他们对大地的深刻理解和精准把握。在藏语辞藻当中，大地被称为忍者、创造者、披大海者、万物之母、金色苍茫，等等。这是对大地颇有认知的一个民族对故土深深的眷恋和感恩，这是有着悠久历史的一个民族对逝去岁月的不朽印迹和记忆的铭刻，这又是一个直爽潇洒的民族对所谓地质学家们的深情致礼和期望。

此刻，我又想起前人的格言：“乞求本乃下等词，无人布施更差矣！你说拿去便是好，你若不拿无上荣。”倘若我们细细咀嚼、体味这些古人的思辨和智慧，很多无中生有的纷争就会迎刃而解的。大地有大地的坐标，石头有石头的方位，你我各自生活在自己的空间，何不其乐融融呢。广我中华大地，苍茫青藏，谁说容不下你我邻里争斗？

生命垂危

——有感于藏獒而发

不知什么时候起，我开始关注高原上像雪狮一样威武勇猛的藏獒。近期，本地某报纸刊文曰：有人在青海某地以四百万元高价买了一只藏獒，运往内地。我看到这则新闻时，内心波澜四起，久久不能平息，同时，对那些藏獒未来的命运、生存，感到无比忧虑起来。

作家杨志军在其长篇小说《藏獒》中描述：藏獒是产于青藏高原的大型猎犬，系几十万年前由喜马拉雅古代犬类繁衍的神奇后代。是犬类家族世界中，未受时空演变而变异的一只活化石。恶劣的气候条件和艰苦的生活环境，造就了藏獒彪悍的体貌特征、威震群兽的勇猛和忠贞不贰的品格。据史书记载，早在六千年前，藏獒就被藏族先人驯服为家犬，成为生活中必不可少的护卫犬和“保护神”。

我们翻开历史的长卷，发现很多关于藏獒酸甜苦辣的神话传说与民间故事。很早很早以前，有一位名叫阿愁的勇敢的王子，为了人们能够吃上美味可口的粮食，决定到龙宫取青稞种子。阿愁带领二十名骑士，不畏艰辛，翻山越岭。在路途中，他的伙伴有些成为毒蛇与野兽的美餐，而另一些同行者被野人与黑熊杀害，最后就只剩阿愁一人了。但阿愁得到一尊山神的保护，顺利从龙宫神不知鬼不觉地拿到了他想要的青稞种子。后来，既残暴又吝啬的龙王得知此事，便使魔力把阿愁瞬间化作了狗身，直至得到一位姑娘的爱情才可变回人身。再后来，由阿愁化身的那只狗确实得到了一位姑娘的爱情，从此，阿愁得以再次返回原来的人间。经过夫妻俩日日夜夜的勤劳耕耘，青稞种子终于在高原大地扎根生长，麦穗两歧，人们如愿吃上了美味可口的青稞糌粑。于是乎，藏族先民认为青稞种子是由那只“天狗”带到人间的，为了报答他的恩情，每年庄稼收割之后，首先喂一坨青稞糌粑给狗吃。这种习俗沿袭至今。这是自古以来人与狗之间水乳交融的感情的佐证，又以曲折的情节，艺术地表现了狗对人类的恩情。不管是神话故事，还是民间传说，我们要感谢阿愁的英雄事迹，有了他，我们今天才能够吃上这种美味佳肴。

据享誉世界的英雄史诗《格萨尔》记载，当年格萨尔王征战四方，降伏众魔时，也得到了“天狗”的巨大助力，于是他顺利完成了人间种种伟业。在藏族历史长河中，人与狗之间形成了相互依存、谁也离不开谁的紧密关系。尤其在藏族牧区，每家每户都养有一条以上的家犬，它们是得力守卫，也是难以割舍的家庭一员。藏族人民非常喜爱狗，对它敬重有加。有民谚曰：“再穷也不会变卖守门犬”“欲与他家争吵，先从家狗挑事”“喂食守门犬，胜似做善法事”，等等，不胜枚举。若在以前，你到藏族人家门口问是否要卖他们家的狗，他反而会问你愿意卖你们家的孩子不，这很好地说明了藏族人家对狗的感情。

藏獒，在一年四季，尽职尽责，对自己的主人忠心耿耿，不离不弃。如果因为遭遇某种不测之事，主仆各自非要离开对方不可，那么，在他们心中会留下难以愈合的伤害。近年来，从藏区卖往内地的藏獒，因为思念自己的主人及故乡，发生了很多感人肺腑、让人揪心的故事。

在兰州，有一只从甘南玛曲买来的藏獒，无意挣断了拴在脖子上的铁链后，游过黄河往西跑，历一个月，重新回到距离兰州有四百余公里的老家。人老思家，鸟衰归巢。越是远离故乡就越是想念，乃天下动物之共性。那只藏獒虽然被主人因为私欲膨胀而无情地卖至他乡，但是出于对主人及故土的忠贞，跋山涉水，历经艰险，回到故乡的怀抱。这又充分说明了藏獒尊贵的品性。

六世达赖喇嘛仓央嘉措在他的道歌中写道："褐色黄斑的老狗，聪明伶俐比人高。"这半偈道歌实为六世尊者亲身体验之真情表白，同时，我们从中能够发现藏族先民早就洞悉藏獒的价值与聪慧。父辈们经常这样形容藏獒的体貌特征和优良品格：体大如驴，奔驰如虎，吼声如狮，仪表堂堂，酷似动物之王五头狮子君临天下，威震四方。

据汉文史书记载，著名旅行家马可·波罗先生于1257年专赴我国四川省，平生第一次目睹了藏獒的风采，在自己的旅行笔记中谈到，藏区有一种非常高大的狗，它勇猛、胆壮，且好斗。以此我们可以想象，这位周游世界、见多识广的外国友人，也被藏獒的形象深深地吸引而不能自拔。又据史书记载，当年，成吉思汗的铁骑踏遍西欧世界时，带领三万余只藏獒跟随其后。时光荏苒，当征战岁月悄然落下帷幕，世界再次复为平静时，成吉思汗的部分兵力没有踏上回家的路程，而永远留在了遥远的国度。曾经与他们并肩作战、生死与共的很多只藏獒，也在那陌生的欧陆一隅度过余生。如今，在世界犬类中非常著名的，如马史蒂夫、大白熊、纽芬兰等，相传其"祖上"都与青藏高原藏獒有血缘关系。

2005年3月25日，在天津举办的一次藏獒展览会上，一只身高1.5米的藏獒身价飙升至八百万元，而一只黑黄色的藏獒则以四百万元被拍下。我国前著名长跑教练员马俊仁拥有两只藏獒，名字分别为大王子和小王子，其中小王子被一韩国宗教人士相中后愿意出四百万元高价，但遭到马俊仁婉拒。2005年7月份，马俊仁到青海玉树，以三十万元价格购买了一只藏獒幼崽。此消息一经传出，在当地引起不小轰动。很多人知道藏獒值钱后，有些游手好闲者开始偷窃左邻右舍的藏獒卖往内地，以此敛不义之财。2006年，玉树人多吉和更扎二位带领六只藏獒参加了在郑州举办的第一届犬王电视大赛，回到西宁不久，被悍匪强行盗走。据陈，它们总计价值约一千万元。曾经再穷也不会变卖守门犬的道德底线，一下子被金钱的诱惑所冲垮。

青藏高原终归是藏獒的家园。高寒的天气与独特的环境培育了藏獒的斗志和聪颖。如果没有这些外部条件，或后天人为地更换第一环境，就不会有藏獒及其性格，它们也很难适应现在的处境，这是生存的自然选择。有一次，身在内地的一只藏獒因狂吠过年时嘈杂的鞭炮声而吐血不止，最终不治而亡。又有一次，一名叫刘某某的青海西宁人，带着自己的藏獒参加青岛某犬类展览会，不幸的是，他的藏獒在青岛突然得了病，经多方医治无效而魂落他乡。为此，很多人指出，是藏獒选择了青藏高原为生存家园，在长期的基因蜕变与优化过程中，渐渐地形成了对高原环境的选择性依赖感。

藏獒数量的日益减少，藏獒野性的逐渐退化，从侧面折射出我们人类正在失去着的某些品格。因为藏獒敌我分明、忠诚不渝的性格本来就是我们人类的半个影子。

据不完全统计，目前世界上藏獒仅存三百只，其中一百五十只在我国内地，其余均在青藏高原。这个犬类繁衍史上的活化石，如今四面楚歌、濒临绝境。而在藏獒的栖息地，却很少有研究和养殖藏獒的个人和单位，这是多么值得我们反思的问题！如果有一天，我们只能在博物馆观看藏獒，那么，唯一留下的就是遗憾和怨言，或是神话的另一种颜色。

有关藏羚羊之一二

2005年11月11日晚间七时，我受单位安排前往西宁体育馆，就2008年北京奥运会吉祥物评选活动青海分场的电视直播情况进行采访。之前一周，我主持过一档关于藏羚羊的节目。我把此次采访任务看得很重。当到达体育馆前广场时，那里聚集着四五千人。西宁有些机关单位专门组织人员前来观看，比以往显得人头攒动、水泄不通。偌大的电视屏幕上正在直播着2008年北京奥运会吉祥物评选的北京现场。

离宣布评选结果还有一段时间，出于职业习惯，我随机采访了几位市民，他们大多数对藏羚羊入选北京奥运会吉祥物充满信心，对着话筒高声喊道："藏羚羊，必胜！"但也有个别看起来信心不太足的则拒绝了我的采访要求，这也可以理解，在这个关键时刻，作为藏羚羊的"东家"，我们都既期待又紧张。

期待是一张白纸，若能把自己的愿望写在上面，变成墨香飘溢的现实，那该是多么有意义的事情！如果不能，则将会成为一个拖沓的毫无兴趣的剧本。望着电视屏幕，时间像一位耄耋老人，一分一秒地在蹒跚，使人焦虑不安，像万箭穿过心肠。

在千万只眼睛的注视下，在千万颗心的期待中，晚间八时十五分许，2008年北京奥运会吉祥物评选活动结果正式揭晓，最终包括藏羚羊在内的五种动物入选。喜讯传来，我与在场的观众一道欢呼雀跃，在体育馆上空礼炮声震耳欲聋，人们由衷的喜悦溢于言表。身为记者，我有幸见证了这一美妙而伟大的时刻。

我通过手机第一时间向在直播室的主持人报送了藏羚羊入选2008年北京奥运会吉祥物的短讯。放下手机，意犹未尽，我立即返回办公室，连夜写了一篇报道。

被誉为青藏高原的神灵、列为国家一级保护动物的藏羚羊，栖居在世界屋脊。在动物王国，它以身怀“六技”而著称。此次，顺利入选2008年北京奥运会吉祥物可谓实至名归，特别是与奥运会“更快、更高、更强”的口号相吻合。更快方面，藏羚羊身材娇美、速度飞快，在高海拔地区，能以每小时七十至八十公里的速度奔驰。同样，奥运健儿也在奥运会舞台上突破极限，创造人类速度的神话。更高方面，藏羚羊在世界第三极繁衍生息，那里平均海拔五千五百米左右，空气稀薄，天寒地冻。同样，奥运健儿们克服困难，向着更高的目标前进，为自己的祖国和人民争光。说到更强，藏羚羊生活在连很多野生动物都难以为继的恶劣环境中，但它们极具忍耐力，又向来勇敢、坚强。同样，奥运健儿们能够吃苦耐劳、积极奋进，从不向失败和困难低头。鉴于上述共有的特点，藏羚羊得以入选2008年北京奥运会五大吉祥物。这是青海人民期盼已久的美好心愿，我们怎能不为之欢呼雀跃、奔走相告呢?

为保护藏羚羊而英勇牺牲的索南达杰先生如果能够听见这个好消息——如果这个假设可以成立——那该多振奋啊！可惜，他早已离我们远去了，我们只能双手合十，愿他来世投胎人间并幸福安康。

1994年1月18日晚，当时履职西部事务委员会书记的索南达杰先生，为了保护藏羚羊，在可可西里腹地巡山第十个夜晚。他们一行成功抓捕了二十名藏羚羊盗猎分子，其中一名得了严重的肺病，出于义的考虑，就在那一夜，索南达杰吩咐手下两名同志护送病人木医院救治，而他和另外一名同志则押解其余盗猎分子踏上了路途。可可西里的黑夜，伸手不见五指，那些无恶不作、丧尽盗猎分子，趁机合伙用拳头向前车同志和向导头部雨点般砸去，昏迷不醒时，抢过手中的武器，便掉头悄悄靠近正在后面跟随的索南达杰乘坐的车。突然，他们打开车的所有前灯，索南达杰在灯光刺目下看不清状况，更来不及防备，便遭到那些盗猎分子的猛烈扫射，倒在了血泊中。

时间过去十天，人们方才找见了他的尸体。据知情人士讲，当时，索南达杰仍未瞑目，欲与歹徒殊死搏斗的坚毅的目光，准备子弹上膛的身姿，依然保持着，好像是刚刚发生的情景，让人历历在目，永远铭记。

就这样，用自己的青春热血捍卫可可西里尊严与生命的英雄，来不及留下半句遗嘱，不声不响地离开了他心爱的奋斗过的土地。英雄为了家园、为了家园中与人类共命运同呼吸的野生动物，牺牲了自己，成就了一段可可西里版的当代神话。

今天，我们点燃千万盏酥油灯，以此告慰英灵，抑或，我们像爱护自己的生命一样爱护珍稀的藏羚羊，以实际行动随喜英雄事迹？不管怎样，索南达杰，您是我们心灵天空永不落山的太阳。

回忆是酸涩的。每次回忆索南达杰，总带给我，特别是那些关注、关心藏羚羊的人以重如磐石的创伤和挥之不去的痛苦。回忆又是甜蜜的。每次回忆索南达杰，他那忠心耿耿、对家乡葆有一颗赤子之心的英雄精神，以自己的生命书写的正义、慈悲之不朽传奇，总激励着一代又一代青藏高原的保护藏羚羊的英雄儿女们。

如今，才嘎先生继任可可西里自然保护局局长一职，他是第三代可可西里藏羚羊保护者。自担起这个重任以来，他为保护藏羚羊做出了一次又一次利好善事。因此，他入选了 2005 年“感动青海人物”。

在国家林业局精心组织和才嘎先生及一百七十位公安干警的积极配合下,1999 年 4 月 11 日至 5 月 10 日期间，“可可西里第一行动”在青海、西藏、新疆等藏羚羊栖息地展开。此次行动，捣毁盗猎集团十七个，抓捕不法分子六十六名，收缴藏羚羊皮一千六百件、汽车十八辆、各种武器十四支、子弹一万两千发，在震慑不法盗猎分子、打击非法买卖方面取得了显著成效。

藏羚羊绒毛丝滑而又极具韧性，一般长度在六厘米至十八厘米间，用其制作的衣物既轻便又温暖，如果是一条围巾，拧成团后可以穿过指环孔，深受高端消费人士的青睐，享有软黄金、绒毛之王的美誉。自 20 世纪 80 年代以降，在经济利益的驱使下，很多盗猎分子觊觎藏羚羊贵重的绒毛，大肆偷猎、买卖，使藏羚羊数量骤然减少，成为世界濒危野生动物之一。

据了解，自 20 世纪 80 年代始，盗猎分子到可可西里和西藏那曲地区大肆猎杀藏羚羊。尤其在生产期间，很多藏羚羊来不及产崽，便胎死腹中。有幸生下来的幼崽，其命运更悲惨。据知情人士讲述，那些刚刚目睹情器世界的幼崽，母亲已死在盗猎分子的枪口下，小小生命一出生就无依无靠、流离失所。出于生命本能和生存意志，它们边吸吮着倒在血泊中的母亲的乳头，边惊恐万分地望着这无情的人间，场面惨不忍睹，撕心裂肺。

1999 年 6 月 14 日，新疆阿尔金保护区的工作人员与我国香港、美国动物保护组织一起，经过跋山涉水，在阿尔金腹地对藏羚羊繁殖情况进行了实地调查。他们发现，在阿尔金腹地藏羚羊保护重地，堆满了小山丘般的已扒过皮的藏羚羊尸体。据抓捕归案的歹徒交代，他们曾在两天之内猎杀八百只藏羚羊。据西藏那曲当地群众讲，十年前，在藏北草原活跃着两千多只藏羚羊，这个数量规模，如今已成神话。

众所周知，藏羚羊是栖居在青藏高原的珍稀动物，系国家一级保护动物。它长年生活在海拔四千米以上的高寒地区，人称高原精灵，主要分布在青海可可西里、三江源头、藏北草原，以及新疆阿尔金山脉等总面积约为六十万平方公里的自然保护区内，数量维持在六万至八万只左右。

保护藏羚羊，刻不容缓。像英雄索南达杰以自己的生命保护高原精灵一样，很多后来者不畏艰辛，前仆后继地踏上了英雄走过的道路，续写了一段段感天动地的保护藏羚羊的故事。但是，与藏羚羊所面临的严峻现状相比，就凭这点有限的保护队伍是远远不够的。笔者认为，以此次藏羚羊入选2008年北京奥运会吉祥物为契机，宣传、动员广大社会力量参与保护包括藏羚羊在内的青藏高原野生珍稀动物，是我们目前切实可行、有效的方法之一。

那么，就让我们每一个高原人，从现在起自愿加入到这个英雄的队伍中，奉献各种形式和意义上的绵薄之力吧！因为保护藏羚羊，就同保护我们赖以生存、生活、发展的神圣家园一样，意义重大。

酒

自大学毕业参加工作以来，每次年末回家，我总给父亲买去十来瓶白酒，这几乎成了我铁定的过年礼物。估计，父亲也在家乡那头盼望着我的这份礼物。

每次，我把酒递给父亲，他都一脸高兴地收下并念念有词地说：“吃肉要像秃鹫一样吃，喝酒要像孔雀一样喝。”说罢，他便把我送的酒藏在一处隐蔽的地方，每天小酌几杯。有时候家中迎接尊贵的客人，他炫耀着说：“我儿子给我买来了几瓶好酒，给你们尝尝。”话虽如此，但他舍不得给客人们多喝几杯。这确实像一名吝啬的孩子得到一颗洋糖后，在其他玩伴面前拿出来，让他们每人用舌尖舔一下后又塞进口袋一样。想必，这也是老人与孩子一样性格的缘故使然吧。幸好，跟父亲熟悉的朋友们早就习惯了他的这种伺候方式，不再计较什么了。

今年，藏历新年与农历春节为同一天，本来有计划回家与家人团聚，过上这吉祥双重的藏汉同庆的日子。但是，不可预期的琐事，就像青藏高原瞬息万变的天气一样，打乱了我的计划而未能及时回家过年。所以，我只能一个人在孤独的城市迎送了一次寂寞的除夕夜。

过年前几天，我像往常一样买了十瓶白酒提前给父亲寄去，并通过电话向父亲致以节日最温暖的祝福，但老家那头的无线电话像在寒风和雨雪交加之日，栖上树梢的鸟儿一样，除以“叽叽喳喳”回应外，听不到其他任何声响，始终没有人接听。

父亲作为体力劳动者，如今已有七十岁高龄的他，身体依然健康、灵便。在过年期间或者平日悠闲时，喝上几两白酒是再正常不过的事。也许，我也受基因遗传的影响，很好酒。想一想，父亲在过年时喝着我寄去的白酒的情景，一种莫名的幸福感浸润了我所有的身心。

有一年，我只给父亲买了五瓶白酒，酒后父亲吐真言问：“为什么买的酒比往年少了呢？”我无言以对，这句话我至今难以忘却。从妹妹口中得知，父亲说，世上有一些孩子长大成人了，从此不再需要倚靠父母时，便与父母渐行渐远了；而有些孩子娶了媳妇后变得更吝啬、小心眼，对自己恩重如山的父母更淡漠，孝心全无。听罢，我感到非常不自在，想起了“父心系儿子，儿心系石头”的藏族民间故事。

大学毕业的第一个新年，我初次给父亲买了酒，父亲高兴得合不拢嘴。当全家人吃完年夜饭后，我向父亲敬酒，他准许我也陪他喝一点。在学生时代，我除了喝啤酒，从未沾过白酒。而就在那一夜，我平生第一次与父亲对坐，喝了一斤多白酒。随之，父子间聊了很多从未聊过的话题，心情无比舒畅、痛快。第二天醒来，发现自己睡在父亲身边。整整过了二十年，在二十年后，自己再次与父亲睡在了一起，这种感觉我难以言表。此时，激动、骄傲的泪水织成一颗颗串珠夺眶而出。

这一次，我又给父亲寄去了十斤桶装的青稞酒，没有打电话，只是心中默默地祝福他能够过上幸福、快乐的新年，由此我感到一时的满足和踏实。几天之后，他把我寄去的那十斤桶装酒原封不动地退回给了我，并留下一句话说，他自己去拉萨朝拜了。这完全出乎我的意料。

我纳闷，父亲向来很好酒，是那种一滴酒都舍不得浪费的老酒汉。

在我小时候，因为缺酒喝，在各种节庆期间，他把温水与酒精勾兑后若无其事地喝过很多次。可这一次，他为什么又退回来了呢？我心生各种疑虑，一连几天没了好心情。

一个多月后，父亲从拉萨回到西宁了，终于揭开了这个谜底。继而我也有了想写一篇以“酒”为题的散文的冲动。

人们讲起自己的孩提或青年时期，心中总满是快乐与美丽、留恋与回忆。尤其是想起当年的同龄伙伴时，思绪像脱缰的野马一样顺着岁月反向奔驰。同龄伙伴，看似飞向远方，最终又回到身边的小鸟一样，是多么熟悉且珍贵的字眼！

父亲的一位酒友，曾一同前往拉萨朝拜的道友，确切地说是小时候一起长大的同龄伙伴，前不久因喝酒过多而去世。父亲带着他同龄伙伴的骨灰去了拉萨，为他做法事、撒骨灰、度亡灵。父亲的那位同龄伙伴叫才让。当听到才让叔叔去世的噩耗时，我的心情也一下子沉重起来了。因为，我跟才让叔叔非常熟悉，也可以这么说，我是在他讲的幽默故事中长大的。

我父亲和才让叔叔各自在二十岁出头时，从很远的农区来到这个牧区，分别当上了入赘女婿。从此，他俩在这个陌生的边地手足同情，共骑幸福的马匹，同担艰苦的重任，一起走过无数痛并快乐的岁月。

他俩有一个共同的爱好，那就是喝酒。正当他们年富力强时，不像现在的情况，没有那么多酒供你随时喝，他们只能在酒精里渗入少量水后当酒饮用，而这个酒精是通过关系从本村赤脚医生那里弄到手的。才让叔叔倒插门的那一家比较富有，据父亲讲，才让叔叔嗜酒如命，白天连着黑夜不停地喝，从最初的醉眼蒙眬到中间的揎拳撸袖，再到最后的酩酊大醉，是常有的事。有时候，甚至连馍馍都就着白酒吃，也是见怪不怪的事情。

在我的童年，经常在开水或牛奶中浸泡馍馍后拿来充饥，那几乎成为小时候的美食记忆。但是，馍馍伴着白酒吃，我是头一回听到，感觉非常好奇。可想而知，才让叔叔对酒的执着和依赖。

光阴荏苒。当年自满的情绪飘扬在发尖的两位小伙子，不知不觉中踏进了六十甲子的门槛。很多未竟的事情突然降至身旁，使他们时而彷徨，时而痛苦。这是没有任何预期的，也肯定没有任何恶意的，乃人们生老病死的过程罢了。

平生连感冒都很少得过的才让叔叔，年前因身体略感不适而去医院检查，可惜，竟查出了已经到肝癌晚期的结果。没人知道才让叔叔当时的心情。不过我们知道，四十分钟以后，才让叔叔离我们远去了。回忆至此，平常不轻易流泪的父亲已经泣不成声。那几天，父亲少言寡语，变得比以往认真、严肃很多，我不敢靠近他，更不敢跟他说几句，哪怕是半句安慰的话。

又过了几天，我需要到老家去一趟，临走之前，父亲义正词严地说："如果你这次喝酒回来，就再也不用叫我爸爸了。"这突如其来的根本不像我父亲平日的话语，如同掴了我一掌，我一时不知如何是好，感觉自己站立不稳、摇摇晃晃。我边收拾东西边悄悄往父亲脸上看，在他的脸上看不到一丝开玩笑的表情，却满脸乌云密布，很快将要打雷下雨的样子。

一路上，父亲的叮嘱在我耳畔萦绕，久未消退。

到了下德滩，突然接到一通电话，得知一位好友在昌都因喝酒不慎而过世的噩耗。于是，那次回家的路程，被双重悲伤的白雪覆盖，我像一名迷失了方向的游客般，在茫茫戈壁无所适从，撕心裂肺的感觉把我的五脏六腑完全吞噬。

"说起来让人难以置信，有一次，一名司机喝了酒后，以每小时一百二十公里的速度行驶，在经过中德滩时发生了严重的翻车事故，一家母子俩当场死亡，一名乘客受了重伤后渐渐失去了意识，而其余三人被紧急送往医院救治。如果你能见到现场，会头昏目眩的。”在旁的那位陌生男子饶有兴趣地讲述着一次翻车事故，在座的乘客们也听得津津有味，不时便插嘴问几句其他一些细枝末节。我知道那位陌生男子不是故意为之，是为了打发旅途的无聊。但这无意中触痛了我失去亲朋好友的神经，眼泪随之不受控制，便在回家的班车上大声哭喊了一场。

众人鸦雀无声，面面相觑。在我的哭声中，班车已经驶入上德滩。不知是电影中的场景还是现实中的具象，抑或是我自己的幻觉，上德滩的沙尘暴在车窗外肆虐，且模糊了车内所有空间。在若隐若现的狭小空间里，我渐渐恢复了平静，开始思索与酒有关的人情世故。

酒，真的是需要抛弃的那位朋友吗？世上很多英雄好汉最终堕落在它贪婪的悬崖中。酒，真的是从乌云深处倾泻的那个可怕的洪水吗？很多美丽的草甸、希望的幼鹿被它的愤怒所冲毁。酒，真的是不分里外、没有思想的那匹故乡的野狼吗？逐丰美水草而居的牛羊群，在每一处谷底、山腰被它的凶恶所杀绝。酒，是否又是戳在自己胸口的那一把美丽的利刃？

班车越过凹凸不平、崎岖蜿蜒的山路，继续行驶在前进的道路上，像一匹桀骜不驯的野马，但未能驶出思虑万千的茫茫戈壁。

自回到老家那天起，我像丢了魂似的，把自己一人紧闭在房间。亲朋好友们的邀请，成了我沉重的负担。双眼所及，都是德滩的惊险、噩耗，像巨大的毒蛇一样，重又浮现。在耳中，父亲临别的叮嘱一次又一次地响起。

日复一日，年复一年。父亲已经戒了他一辈子都在喝的酒。如今，内外透明的那十斤桶装的青稞酒，放置在我的书柜上，满满的。冥冥之中，有时候感觉那塑料酒桶在抬起头，眼睁睁地看着我，欲说还休的模样既可爱又可恨；有时候那塑料酒桶直摇头，好像在说，是男子汉就是要喝酒，不喝酒，生活没什么意义；而有时候那塑料酒桶又在埋怨着什么——不要责怪我，是喝酒的人贪婪无比，最终踏上了不归路。

无论是吉祥的因缘，还是祸患的昭示，也管它是不是基因遗传、兴趣爱好，我自心底开始与酒断绝了关系。

从此之后，一种沉甸甸的忧伤与思恋在记忆的山背上坍塌。

第二辑

悦耳的歌声

悦耳的歌声

一

2016年正月初七，清晨第一缕阳光照射在子科滩镇每一个角落。小时候父母亲经常讲起正月初七初八分别为大小忌日，不管是初七还是初八，这两天出门总会带来各种各样不测之祸，渐渐地我自己也养成了初七初八尽量不出远门的习惯。民间传说中也盛行初七初八不出远门的习俗。但是在藏历中却明明写有今天火风会合，方便行吉祥祝贺、消灾祈福、敬神求运或息、增、怀、伏四业。因此，我为自己找上了很好的借口，执意把心中疑虑抛在脑后，应“香呀热洛民间对歌会”之邀，按时从子科滩镇前往直亥买草原赴约。

今天是冬至以来“七九”第一天。一路上，虽然阳光铺满了大地，但是从车窗外呼啸而过的寒风不仅让人寒战哆嗦，而且冥冥之中感觉到那寒风会把刚从云缝间射出的熹微的光线吹向很远很远的地方。

我们的司机扎西是一名刚过不惑之年的英俊之人。虽然个头不高，但从其黝黑的皮肤、峻峭的鼻梁、像雄鹰展翅般的胡子打量，你就会明白他是一名土生土长、健康乐观的本地人。他身穿带有一幅祥龙图案的羔皮藏袍，其高高耸立的领子让我莫名地温暖。再说，他那副墨镜像是为自己订做似的，与其脸廓很般配，让他显得更加光彩照人。其他两位同行人在海阔天空地聊着天，不时讲起富有想象力的幽默笑话，让扎西师傅笑个不停。笑归笑，但他的双眼却紧紧盯着前方，双手牢牢抓住方向盘继续赶路。我是第一次认识扎西。从刚才的举动能看出他是一位性格沉稳的人，就像他健硕的体格一样。

平常，我是那种一坐车就爱打瞌睡的人。可是在今天，一路颠簸的汽车使我的睡意早就逃之夭夭了。因此，我趁机预想有关“香呀热洛民间对歌会”将进行表演的种种情况。这或许是早些年当记者的职业习惯使然吧。无论我怎么考虑或想象，都无法在心底呈现一鳞半爪的画面，索性就沉浸在同行们的笑声与笑话中。从子科滩镇到直亥买草原间距不到三十公里。凹凸的沙路、崎岖的山路，加之随意穿梭在路中央的牛羊群使我们不得不放缓速度慢慢前行。那些牛羊群或许是早已习惯了现代化的各种器械，对草原上来来往往的汽车没有半点矜持和顾忌，也或许是对草原上来来往往的汽车产生了厌倦和敌意，就一副不屑一顾的样子在原地纹丝不动。扎西师傅只好摇下车窗，嘴里嘟囔着驱赶的声音，不停地挥舞着藏袍袖子，总算使它们让出了一道可以穿过的缝隙。就这样，不到三十公里的路程，我们却花了两个多小时，终于走近表演现场了。

当扎西师傅喊了一声“快到了”的时候，远处一排房屋模糊地显现在我们眼前。在无边无际的草原，人们说“快到了”或“那边是我家”时，其实还有一段路程要走下去，这不是因为草原人对距离感的不确定性，而恰恰是因为草原的广阔罢了。今天，我们同样走了一段路程后，那一排红砖垒砌的房屋才渐渐地在眼前变得清晰了。看见房屋前院停满的各种汽车、摩托车以及人群涌动的景象，就知道他们正在为今天的表演而准备着、忙碌着。

之前，我与本太加会长从未谋面。但从他人口中经常听到，他是一位钟爱民间文化，特别是倾其所能致力于藏族民歌的传承、发展事业的人。初次见他本人，虽然身材不高，但看上去显得沉稳老练，有一抹任谁都无法比拟的笑容让你顿时自在惬意。还有，在油黑的眉毛下闪烁着慧光的双眼不停地打着转，欢迎四方宾客。初次见面，本太加会长给我留下了深刻的印象。如此简单而隆重的欢迎仪式后，他马不停蹄地走进了男女歌手中准备今天的表演活动。

此时此地，牧民群众依然沉醉在浓厚的节日气氛中。每当过年，其风俗习惯在藏族各个地方都大同小异，没有太大的区别。但仔细看个究竟，你会发现从桌上摆设的水果到食物，又有一定的不同之处，各具特色。在席上，摆放着各种大小不一的酥油点心，由糌粑仿制的须弥山形状的盘供，由熟蕨麻制作的各色食物，以及当地群众亲手油炸的新鲜馍馍等，真是琳琅满目，让人目不暇接。自从我参加工作以来，一直在城市过年，今天见到眼前这些丰盛无比的节供，我恍然感觉到自己离真正的藏族过年习俗越来越远了。

我出生在阿尼玛卿雪山脚下一处叫查第的半农半牧的地方。现在沉下心仔细回想当年在老家过年的情形，也有很多独具特色的仪式、习俗，慢慢涌现在脑海。在年前，要清理房屋，刷新灶台，供奉灶神，在庄廓围墙顶上放置冰块，吃年夜饭，去山顶煨桑，穿着新衣服等。此外，在大年初一凌晨到天亮期间，小孩儿和青年男女一群接着一群到亲朋好友、友邻街坊家去拜年，好不热闹。小孩儿们会收到主人家的祝福连同各种糖果，而青年们则喝上主人家盛情的敬酒后，还被要求为老人们唱一首吉祥的歌曲，唱完，同样会得到耄耋老人们由衷的祝福，祝福年轻后代像他们一样健康长寿。随着初一第一缕阳光铺满这片祥和的大地，预示着真正十五天的歌舞庆典已经开始了。我还依稀记得自己最喜欢的一首民歌：

歌手我从东边来，
就像太阳一路照耀，
唱一首充满温暖的歌。

歌手我从南边来，
就像青龙一路吟吼，
唱一首美名传扬的歌。

歌手我从北边来，
就像杜鹃一路鸣啼，
唱一首赞颂幸福的歌。

这首歌自七岁始伴我长大。每当过年时，我向老人们不知唱了多少回，曾一度，老人们甚至忘了说歌名，直接以“瓦白的歌”称呼，似乎它已成了我的私有歌曲。后来，随着年龄的增长或渐渐意识到自己五音不全，我就不再唱这首自己最喜欢的民歌了。但它的歌词往往给我以无比的欢乐与自信，并不时在心底默默响起。当然，它已在我童年的生活中绘成一抹模糊且缥缈的色彩了。

过年期间的各种活动，其实集中体现着一个民族与众不同的风俗习惯和文化特色。再说，也只有在过年期间，才能如此阖家内外，欢聚畅谈，载歌载舞，一醉方休。

二

云层滚滚天上翻，
雨水降临显瑞相，
甘露滋润大地庆，
五谷丰登聚因缘。

歌声悠悠席间飘，
众生幸福显瑞相，
对歌连连满座欢，
节庆不断聚因缘。

在无垠的直亥买草原深处，像山涧泉水一样以悦耳之势喷涌的本太加的歌声，把我从各种四方形和五彩色的回忆中拉拽出来了。表演已经开始了。

渐渐地，观众越来越多了。虽然，原先的座席经过再次调整得到了一定的扩充，但还是坐不下观看的群众。因此，只好把所有窗户全都打开，让屋外观众们也有机会看到屋内精彩的对歌。我在想，那些拥挤在人群中无处落脚且依然兴致勃勃地观看表演的人，他们才是天底下最痴迷于民间艺术的追随者！

“香呀热洛民间对歌会”系兴海县民间艺术团体。在本太加的积极筹措和组织下，于 2011 年正式成立。至今，前后参加过在藏区进行的三十多场民歌比赛，取得了二十多个奖项。现在，这个艺术团体名下有二十余位歌手，他们全都出于个人爱好而自愿参加，其中多半虽为一家之主而忙于生计，但一旦有演出需要，他们就会按时报到完成演出任务。

至于起这样的团体名称，本太加会长自有一番考虑和解释。他说，“香呀热”为藏族民歌一种独特的起调，他本人也非常喜欢这个起调，而且这个起调普遍使用于本地很多歌曲。因此，理所当然地起了这个名称。在牧区，没有你想象中那么丰富多彩的语工巧类艺术活动，而对歌往往对提高人的智力、增强人的记性、拉紧人与人之间的往来以及加强竞争性与参与性大有裨益。他首次坦露了自己的心声。

自这个民间团体成立以来，他们孜孜不倦为传承和发展并搜集兴海地区的民歌、对歌、山歌、儿歌、劳动歌、斯巴歌、问答歌等而四处奔波，还在各种大小节日期间自行担起为偏远牧区广大群众进行表演的任务。

我在与本太加会长的交谈中得出一个总体印象，总的来说，目前人们的文化自强、文化自信意识越来越强了——在得不到任何报酬的条件下，他们本可以待在家里高高兴兴过个好年，但他们依然自愿参加，自掏腰包，风雨无阻，没有落下一次演出机会。这就是一个活生生的例子，这是多么值得尊敬的一群人和一件事！

冯骥才先生说：“在过去半个世纪，政治节日替代了我们的民俗节日。”这是一句具有现实意义的真心话。也正因为如此，我们在城市的很多孩子如今听不懂一句民间歌曲，且与传统文化渐行渐远了。

一般意义上，一个民族的文化是由各路学者著述的书面知识与广大人民口头传承的民间艺术两部分组成。在藏族文化大五明之工巧明中，语工巧又有大小种之分，其中歌舞类属于小种语工巧。曾几何时，藏族传统学者除了正统典籍之外很少注重深藏于民间的各种文化艺术形态，况且，在生死轮回的苦海中，一心向着彼岸极乐世界而很少顾及此岸世俗生活。在社会上，很多大学教授一头扎进各类项目中而不能自拔，哪有时间去钻研广博的民间文化艺术。很多工作人员尤其是青少年，早已把藏语言文字忘得一干二净，疏远与民间文化的距离，恍如隔世。又有一部分高高在上的活佛堪布整日忙碌于制定十善律而无暇顾及民间文化艺术。总之，民间文艺正在走向衰微，民间艺人的社会地位普遍处于低下阶层，得不到应有的尊重，反而遭到歧视的现象也屡见不鲜。坊间有一则传说：你若想虚度光阴，且听《格萨尔》史诗。鉴于此，我们急切呼吁广大有识之士端正对民间文化艺术的态度，及时关注在垂死挣扎中的民间文化艺术，让更多带有浓香的糌粑、酥油味道的民间文化艺术在这片雪域大地再次开花结果，大放光彩。

经过两个多小时的演出，男女歌手们精彩的对词和优美的旋律以及他们溢于言表的对民间文艺的真诚，深深吸引了在座的每一位观众的心，为直亥买草原的节日气氛添加了浓墨重彩的一笔。

我有一匹小马驹，
虽跑不过你马群，
但一心要试比快。

我有一支荆棘箭，
虽射程不如你远，
但执意要露一手。

我有一首儿童歌，
虽儿歌不如你亮，
但决心要唱一句。

到表演中场时听到这样一首动听的歌，我向邻座的朋友问起歌手叫什么名字。“央吉卓玛。”他回道。小小姑娘央吉卓玛铃铛般的声音顿时赢得在场的人们由衷的钦佩和欢呼。同时，它也带领我们回到自己的童年，流连忘返。

下午六时许，金灿灿的太阳在直亥买草原留下最后的余晖，远离人间喧嚣。但悦耳的歌声久久飘荡在草原深处，振聋发聩。

往常，直亥买草原守护着牛羊的欢跳与牧人的歌声，静静地躺在那里。而今天，她像一位喝醉了美酒的淑女一样赏心悦目。此时，我感觉自己的脚尖好像迈进了微风中舒适无度。我向她挥手作别，她双手捧着甘甜的“门酒”，以婀娜的姿态和迷人的余光站立，在我身旁悄悄耳语，眷恋无限。我完全沉浸在自己的想象中，感觉已经飘扬在草原上空。

在回程的路上，我才知晓，原来，扎西师傅是本太加的亲哥哥。本太加打小就喜爱藏族民歌，因此，当哥哥的他想当然地顺应了弟弟的兴趣爱好，尽可能帮助他实现自己的心愿。本太加的爱人也是当地一名非常出名的歌手。我由衷地为这些热爱藏族民歌并为藏族民歌的传承、发展而挥洒青春热血的兄弟姐妹感到高兴。

今年三月中旬，我见到本太加时得知他们的协会正式拿到了县民政局的注册许可证。他说，为了协会的进一步发展，已经在县城修建了一处房屋。我为此感到欢欣和鼓舞。我在想，他正是我们兴海地区新一代滋养观众听觉的天籁使者或散布人间欢乐的精进之人。那么，就请我们继续欣赏这位天籁使者的动人故事吧！

本太加出生在子科滩镇纳东村。小学毕业后辍学在家。他自幼喜欢唱歌，尤其是自八九岁开始放牧以来，每当看到绿油油夏之烂漫、白皑皑冬之庄严、金灿灿秋之丰硕、青葱葱春之风韵，就触景生情，情不自禁，把所有喜怒哀乐化作一首首动情的歌，唱响草原。他把上雪山的律动、下黄河的婉转贴附在心窝，无论惆怅的心情跌入万丈悬崖还是欢快的花朵从脸颊盛开，民歌都是他可以倾诉衷肠的真诚的朋友。光阴荏苒，在往后二十多年的岁月里，不管在草场放牧，还是空闲在老家，他把所有心思寄托在民歌中，沉浸在民歌的诱惑里，从未间断。再后来，他成家立业了。为了孩子上学，举家搬迁到县城居住。在县城，没有草原那么随处可唱的环境，也很少有兴趣相投的歌手相伴。但是，他的心像一匹不羁的野马一样驰骋在草原，从未离开过那片生他养他的地方。因为喜欢唱歌，他在县城组织起了一个小小的地下民歌团体，每当周末，想方设法在各会员家中轮流聚会唱民歌，交心声。特别是在各大节日期间或在村中举办宴席时，他们从未失去过任何演出机会。

“在对歌中有我美丽可爱的童年，还有我对未来美好的憧憬。”本太加反复说道，眼中流露出自信的光芒。

特别是自兴海县东格尔广场周末文艺演出开始以来，他经常组织自己的会员前往演出，风雨无阻，乐此不疲。渐渐地，他们自行编排了八大藏戏之《智美更登》并进行表演，获得群众的热烈欢迎。智美更登把自己的妻儿，甚至不惜把自己的眼珠子都施舍给他人了。这个动人的利他的故事以文学艺术的方式表现出来，其中蕴含了藏族人民与众不同的道德之美、心灵之纯。本太加如数家珍般说起了《智美更登》的故事，他自己非常喜欢这个故事。因此，他说服同样爱好藏戏表演的一群人，开始组织、编排，最终演出获得成功了。他还透露，以后有机会，还将从《格萨尔》中遴选几处精彩的片段改编成藏戏进行表演。

如今，会员中的男女歌手被各种婚庆和会场邀请的次数越来越多了，他们也相应地收取一点演出报酬，无论如何，这为他们的文艺表演走向市场迈出了第一步。此外，会员中较出名的歌手，应兴海县中小学之聘，担任民间文艺老师，为当地学生传授民间文艺知识。这恐怕也是一件非常利好的事情了吧。

每次与本太加交谈，我都能感觉到他理想的故土正在一步步地延展着，无限广阔。

东格尔周末文艺演出是在兴海县文化旅游局引导下，每年六月至十一月期间的每一个周末，在东格尔广场由各民间艺术团体与机关表演队伍进行演出的文艺活动。我曾多次前往观看，观众多至上千少则百余不等。演出内容包括传统民歌、通俗歌曲、舞蹈、相声、锅庄等，五花八门，丰富多彩。这是专为广大人民群众开设的文化盛宴，而“香呀热洛民间对歌会”不仅是其中一道亮丽的风景线，而且也是兴海县民间文化艺术的一朵奇葩。本太加就是这朵奇葩的培育者和守护者。

如同金色銮铃般优美的歌声穿喉飘扬，如同仙女般曼妙的舞姿翩翩跹跹，把人间最美最亮的故事精髓汇集于一体，在有情众生耳畔娓娓讲述的，正是在兴海草原土生土长的本太加以及他的歌友们经过无数岁月不懈酝酿与发展，并终将成就于兴海草原的“香呀热洛民间对歌会”。行百里者半九十，作为会长，他不忘初心，牢记使命，继续走在歌声悠扬的前进的道路上，一丝不苟，任劳任怨。

达瓦洛智其文其人

达瓦洛智先生是藏族当代著名学者、编辑。因为这个前置性的头衔，很多人忽略了达瓦洛智先生的另一个身份及其成就——作为藏族当代文学奠基人之一的端智嘉先生的亲密朋友，他在藏族当代文学创作领域另辟蹊径，开创了文化散文的一代先风。

关注达瓦洛智先生的散文作品已有很长时间了，但我从不敢妄加评论。尤其是自拜读他的《萨班文风疏要》后，我更加失去了对他的散文做评论的信心与勇气。但在私人圈子里，与爱好文学的朋友们聊过很多次。曾几何时，与他见过几次面，最终因我的怯场而没能请教几个问题。这是我至今无法抹去的伤痛。我喜欢他的《萨班文风疏要》，更喜欢他的散文《牦牛》，爱不释手。朋友们在茶余饭后经常谈论他的人格、品德，而我则敬而远之，不敢靠近，只能默默地通过阅读他的文章，试图接近他、读懂他。这也是本文题目之“其文”在前“其人”在后的根本缘由。

如他所讲，出于自身之修心与利他之事业，在此，我就围绕他的散文创作，谈谈自己的一点心得体会，但愿从中能够窥见达瓦洛智先生为人处世的局部形象。

目前所见，达瓦洛智先生显然不是以数量取胜的作家。拿民族出版社出版的《达瓦洛智文集》(上、下集）目录而言，其中收录了《牦牛》《藏獒》以及发表在《仁卓研究》创刊号的《序言》等几篇。遗憾的是，像《藏族史纲》之前言的那篇气势恢宏、自成一格的文章，不在其《文集》中。估计是对散文文体的归类有所不同而导致的疏漏吧。

独具特色的语言

与20世纪80年代涌现的其他作家相比，达瓦洛智先生格外注重文字之锤炼、语言之独到风格。毋庸置疑，他的散文之一大特点也显现在语言文字的独到修得上。要想成为一名散文作家，首先必须得过语言文字这一关。他在《萨班文风疏要》中语重心长地讲:“依具善功德之语言文字，不赘述所要表达的全新的主题，乃散文之唯一追求；我们应该遵循先人之明见，创作出有价值的文章，是不二的创作法则。”平常，他写一般的序言或简短的贺词，都葆有非常慎重的态度，对遣词造句、语言风格，如同对自己的眼睛一样珍视有加。这在他的很多序言、贺词中可以得到印证。如《贺信吉祥右旋白海螺》中所写:“巍峨珠穆朗玛庄严矗立的祥域，圣地日光拉萨优美安居的地方，洁白雪山擎天连绵的场所，清澈湖泊环环相扣的大地，茂密森林苍翠欲滴的沃土，宽广原野直击长空的家园，野生家养动物栖居的净地，黄河长江赖以奔流的摇篮，世界之屋脊，国家之矿藏，四如三围六岗为代表的清凉之地，今天是你传统的大年初一。”从中我们不难发现，作者对韵律、节奏的得心应手以及对排比、对称的驾轻就熟。尤其是在每一个短句中，对形容词和动词的区别应用恰如其分，没有第二个选项，就拿“试错法”来讲，能够想到的其他用词不可能比现有的更好。

在《萨班文风疏要》中他又强调:“褴褛的语言无论怎么加厚,都无法给予文章的身体以温暖和美感。”语言是存在的家园,天下文章皆以语言为生存的土壤。但想要成就一番独有的语言风格,根本不会是空穴来风、信手拈来般的东西,这无不与作家在长期的创作、学习过程中不断地积累和历练有直接关系。说到底,散文之美其实就是语言之美。

我在学习达瓦洛智先生时,处处感受到他对语言氛围的讲究和渲染、营造。在《牦牛》一文中:“……从牛角根部到顶端,逐渐由粗变细,其触感柔顺,光泽亮丽,双角对称向上,角顶往后倾斜,因扎实、锋利,是抵御外敌的利器,又是美化自己的饰品,更像是上天对它的眷顾与赐予。”如上所引,作者通过优美且细致的语言叙述,从外形的粗细到触感的柔顺,再到质地的坚硬,再到功能上抵御和美化的双重作用,不仅把牛角写活了,同时,也把牦牛的形象立体地竖起来了。

像这样的美言佳句,除了《牦牛》之外,在他的其他文章中亦是俯拾皆是、数不胜数。那么,就让以上两处例句为读者起到窥一斑而知全豹的作用吧。

美丽可爱的形象

通读达瓦洛智先生的文章,尤其是其散文作品,从中能够发现他认真对待写作的“作者形象”,这个形象既真实又伟岸。

关于作品中的作者形象,郭晓聪说:“实际上,写作更是一种意味深长的印记。你以什么样的口吻写作,用什么样的调子诉说,表现出什么样的情怀,总会给人留下这样或那样的知觉印象,即使是那空洞无物之作也不例外。作者形象不同于风格本身,而是在风格背后起统御作用的那个。”

那么，在文学作品中，达瓦洛智先生的作者形象又是怎样的呢？我想用两个词来概括——悲悯与诚恳。我当记者期间，曾经因为栏目需要，邀请他当过一次嘉宾。当栏目制作完毕，我送他到单位门口，准备拦下出租车时，他制止我说："不用了，我可以走步回去。"说罢，伸出他那长长的手臂向我握手道别，我来不及反应，先生他已走出了几十米远的距离。在此后的时间，每当我读起他的文章，那个笔挺的背影总在我眼前出现。这个生活中目睹的具象，为我进一步认识作品中的作者形象起到了很好的作用。

悲悯是散文的生命。一位作家无论是要描写花鸟虫草、山川河流，还是要表现良师益友、血肉亲情，如果没有悲悯情怀的自然流露，作家完全站在文章之外置对象于不顾，那么，可以肯定地讲，这样的文章再怎么出彩，也只是一堆死文字而已。怀着一种悲悯意识写作，是作家记忆深处的美好愿景。阅读达瓦洛智先生的散文作品，处处充满了人间温情。他在《牦牛》中写道："至于我，非常喜欢牦牛，对它怀有很深的不变的感情，一直在心底。"以上短短一句，依次出现了"非常""很深"两个形容词，这还不够，最后加以"不变"的定语，强调牦牛在作家"心底"的分量。如同大河翻波浪，一浪高过一浪。让人啧啧称奇。

又如："牦牛具有直面严寒的忍耐，抵御猛兽的勇气，它喜欢群居，常把弱小的圈在中间，让强壮的在圈外守护，这是一种利他的良好品性。"作者通过对牦牛细致入微的观察，层层递进，向读者全面地展示了牦牛独有的特点与习性。

散文是直接表现人性的艺术。那么，诚恳就是散文之"眼"。说白了，散文不能掺杂任何狡黠与妄语的成分，作家需要真诚地表现自己所见所闻所思之事。达瓦洛智先生的散文，就是一个典范。他的散文基于诚恳，散发着人文关怀的魅力。在写已故友人端智嘉先生时说："……

他向来手不离笔的样子，有一次，我们在谈论有关读书的话题时，他问我这个书看了没那个书读了没，接着一连数了很多书名，我回答一本都没有读过，他便半开玩笑地说，你连这些都不看，那又看什么打发日子，此话切中我的虚荣心，使我很惭愧。”如是，作者不仅承认了自己的缺点，同时，以见证人的身份对端智嘉纯粹是个酒鬼之类的谣言进行了澄清，而且真诚、真实地说明了端智嘉其实是个手不离笔的作家。以上文字中流露的真情实感，闪耀着人性的光芒，为他的散文注入了可亲可信的活力，也为读者了解 20 世纪 80 年代的经典作家起了很好的正面作用。

我引用这些，不是心血来潮，而是有理由的：其一，作者在特定的环境下，以自己的亲眼所见为证，不带任何主观或感情色彩，真诚地向读者交代了人物形象；其二，散文中人物对话干净利落，不拖泥带水，于无声处说明了“他”与“我”之间非同一般的关系；其三，每一个实词、虚词的衔接和搭配，无不彰显着达瓦洛智先生的文学修养和文化造诣。也许，这就是我想要说的——在风格背后起统御作用的那个“作者形象”。

不是结语的结语

达瓦洛智先生曾任被誉为藏族当代文学第一刊的《章恰尔》杂志主编。藏族当代文坛的奇才——端智嘉，生前是他的密友，故去后更是他念念不忘的亡友。更为可贵的是，在文学创作方面，达瓦洛智先生不随波逐流，坚守自我，努力形成自己的文风。今天，我们再回首 20 世纪 80 年代的藏族文坛，发现很少有这种品格的作家了。这不就是作为作家的达瓦洛智先生的值得肯定的成就吗？

一直以来，少有人问津达瓦洛智先生的散文创作，他在各种藏族当代文学史叙述框架中缺席的状况，令我不安。正如王尧所讲：“散文是知识分子精神与情感最为自由与朴素的存在方式。”达瓦洛智先生的散文，除了上述特点之外，还充满知识分子书写气质或学者散文的思辨与睿智，有待我们发现、发掘。

一位文友的缩影

2001年7月，在西宁湟水河畔一所酒吧里，我认识了赤·桑华。从此，我俩的关系也像湟水河一样绵延流淌。

赤·桑华给我的初次印象很深刻。他的口之所言、心之所向，甚至每一个眼神都与诗歌有关。正因为如此，喜欢文学的我时不时地主动与他取得联系，谈论与文学有关的各种话题。

赤·桑华自西南民族大学毕业后，在《青海藏文报》当文艺副刊编辑。当时，虽然年龄尚小，但喜欢写作的他已经取得了不小的成绩，在藏族文坛树立了良好的口碑，尤其是在诗歌创作方面。

在进一步交往、交流中，我逐渐发现赤·桑华对于诗歌的热爱、执着，恐怕没有任何人比得过他。说来惭愧，在认识他之前，我从未注意过他的诗歌作品，更不用说有什么心得体会之类的，一片空白。

日子久了，感觉到自己与其说跟赤·桑华这个人交了朋友，还不如说与诗歌交上了朋友。他的身、心、语都散发着一位诗人的气息，这种气息一直深刻地影响着我。渐渐地，我读了他的《大地与天空》《青海湖：我的挚爱》《春天与献给女神的歌》等脍炙人口的抒情诗。从主题选择、审美情趣，再到语言表达，已经形成了赤·桑华自己的风格。这对年轻的他来讲，非常难能可贵。从字面意义上看，他的那些诗作，其主题往往都与男女情爱有关，加之他本人在平日里给我喜欢“谈姿论色”的印象，我戏称他为“玫瑰诗人”。正如他在一次书面访谈中所写的：“我承认我的诗歌大多是抒情诗，我固执地认为诗歌必须是抒情的，我在很多场合也表达过这种观点。现在很多人不写抒情诗，也不写哲理诗，不伦不类，读着不痛不痒，我不喜欢这样的诗歌。我理想中的诗歌应该语言优美，感情丰富，带点朦胧色彩的。我很喜欢朦胧诗那一代诗人的诗歌，尤其是杨炼、食指他们的作品，还有后来的海子，西川早期的诗歌我也很喜欢。”其实我也很清楚，他写女人，歌颂爱情，可谓醉翁之意不在酒，是对博大而深沉的母性的呼唤和向往，焕发着内在的尊严和光辉。

赤·桑华有个写作习惯，每次创作完一首诗，就让朋友们轮着阅读，并喜欢听取朋友们的意见、建议，之后，他非常谦逊地反复推敲、修改，直到自己和朋友们满意为止。也因为有了这样一种对写作葆有的认真、谦逊的态度，他能够背诵包括自己在内的很多国内外优秀诗人的诗歌作品。每当文友相聚，那当然是必不可少的节目之一。

今年，在一个仲夏深夜，有人咚咚咚地敲响了我的房门，我极不耐烦，又不好意思把访客拒之门外，正当犹豫着来不及开门，一个高大的黑影便出现在了我惺忪的眼前。来客就是赤·桑华。他合不拢嘴地拿着新近创作的一首题为《漫长的旅行》的诗歌给我看。我不好拒绝，一口气读完了他的诗作，刚才的睡意顿时消退，索性与他促膝长谈第一阅读感受。天亮了。

诗人就是诗人，与众不同，赤·桑华也不例外。他自进行诗歌创作始，以其性格、品德铺垫了能够成为诗人的基石。如今，在藏族诗坛，带引号的诗人多如牛毛，而真正意义上的诗人却凤毛麟角。如果没有真诚的性格、向善的品德、美好的心灵，徒有那点文字游戏的功夫，是不会成为真正的诗人，最终游戏了自己的人生，其充其量不过是也只能是带引号的诗人了。与之相较，我为能够交上这样一位诗坛新秀而骄傲。虽然，他没有你那么天赋异禀、才华横溢，但是，他有向着真、善、美的诗人的心灵。这就足矣。

最近几年以来，赤·桑华除了诗歌创作外，还涉足小说、杂文、评论，甚至电影剧本领域，并取得了众人瞩目的成绩。在茶余饭后，我又戏称他为藏族当代文学的“大满贯”得主。此话真不假，在近几年的文学创作中，他获得《民族文学》《章恰尔》《岗尖梅朵》《达赛尔》等在内的文学奖项无数。虽然，文学奖项与创作水平不能画等号，但能够说明赤·桑华具有的某些特质和潜能，至少，已经得到了藏族文学界的普遍认可。

我还注意到，他自开始涉足小说领域后，有着一发而不可收的冲动和韧劲，曾经的诗人“赤·桑华”好像一夜之间蜕变为小说家“果美·才让扎西”了。其中缘由，他在那次访谈中透露道：“是的，我刚开始写诗歌，我写诗时署笔名，写小说时署真实姓名，所以很多读者都不知道才让扎西和赤·桑华是同一个人。后来他也写了一些类似杂文、文学评论的东西，结集为《思维之度》。但是自己最喜欢的文体应该是诗歌和小说，说来也怪，我写诗歌那会儿读的书几乎全都是小说。我读小说读得很入迷。那时读了《茶花女》《简·爱》《麦田里的守望者》《巴黎圣母院》等一些世界名著，还有余华、扎西达娃、苏童、北村他们那一帮先锋作家的小说，只要能找到的我全读了。我记得很清楚，在2008年夏天的某个晚上，我头脑一热，写了一篇两万字左右的小说，经过几番修改后，怀着忐忑的心情投给藏族最著名的文学刊物《章恰尔》，庆幸的是很快就发表了。这给了我很大的鼓舞与自信。有朋友说我，从事一种文学体裁，成绩会更加突出，所以，建议我写诗。可我觉得写诗和写小说不但没有矛盾，而且还有互补关系。话又说回来，现在我写诗歌越来越少了，写了也收藏在电脑里不发表。我从事小说创作的另一个原因是，藏族文坛毕竟写诗的人太多，但写小说的人寥寥无几，这一点，我作为文艺副刊的编辑深有感触，所以我想多下点功夫尝试小说写作。”

诗人转行入小说者比比皆是，取得丰硕成果者也难计其数，如大名鼎鼎者阿来也。至于赤·桑华，这与其说是一次“跳槽”行为，还不如将之当作一种华丽的转身，较以往，更加开拓了他的创作空间，更加释放出了他的文学积淀。当初，在《章恰尔》接连发表《睡着还是醒来，我都无所谓》《像鸟儿一样飞翔》两篇姊妹类型的短篇，以示他迈出了小说创作的坚实一步。那时的小说，多半以钢筋水泥的城市生活为主题，叙述中带有个体生命的无奈与痛楚。小说情节随叙述者的心律无序跳动，大有意识流的架势。我想，这是他初入小说的躁动与不安，以及所有初学者应有的冲锋陷阵与屡试不爽的情结所致。但稍稍遗憾的是，小说在文化历史、内外环境、风土人情方面显得比较单薄、狭窄，不可取。此外，他还写了完全不同于以上两篇的带有实验性质的短篇小说如《望北村》《死过两回的人》等。虽然，在具体细节与内在逻辑上有待进一步充实与雕琢，但他的探寻精神值得肯定。至少，我自己这么认为。作为知交，也作为小说门外汉，当我谈到这些不成熟的见解时，他却露出一脸严肃的表情说：“你已经成熟了。”

最近两年，他连续推出《1986 年的雨衣》《怀念叫扎西的一只狗》等系列小说，以他的出生地“角香卡”作为文学意义上的地理坐标，开始挖掘蕴藏在其中的人间百态，努力形成自己的风格与特点。这是我跟他的很多朋友所期待的，也是他今后行将征服的小说疆域。“高密”于莫言，“米格尔街”于奈保尔，那么，“角香卡”于果美·才让扎西，相信会碰出小说创作最为强烈的艺术火花，这火花，并将照亮果美·才让扎西回家的路途。

藏族当代小说创作，其发展路程崎岖坎坷、荆棘丛生。从故事到小说的转变，从现实主义到现代主义的跨越式的借鉴和尝试，再到解构性极强的个体主义以及乱象丛生的后现代主义的大踏步前进，其场面无不壮观，目不暇接。就这样，近四十年历程，凭借着藏族作家一代又一代的韧性和努力，硬是闯出了一条光明、宽敞的文学大道，创作了一篇篇无愧于时代，无愧于读者的小说佳作。我可以肯定地说，作为第三代藏族小说作家之一，果美·才让扎西是其中佼佼者和中坚力量。

不管是诗人赤·桑华，还是小说家果美·才让扎西，愿他的创作道路更加宽广、创作成果更加丰硕。当我们一同老去，回首曾经创作过的美好岁月，可以骄傲地向我们的子女们说，我们也曾经年轻过。这就真的足够了，我们还能企图什么。

问候礼物

根据我们的栏目性质所决定，经常通过书信与电话给远在家乡的亲朋好友送音乐礼物的听众特别多。作为节目主持人，我既有点反感那些送礼的听众又为他们感到高兴。反感是因为他们经常模仿已播出的节目或重复性地选择同一首曲目。同时，每次都异口同声地说“祝愿三区藏族同胞心想事成，扎西德勒。在此，我通过《天空云使》节目向某某亲朋好友送去某某藏族著名弹唱家的歌曲”之类的话语。我在办公室极不耐烦地记录着诸如此类的祝愿词，感觉非常无聊，又无可奈何。高兴是因为送音乐礼物的听众越多，我可以把串联词准备得越少。因此，我的高兴总是多于反感。

今天，又像往常一样，我在办公室写串联词、接听众电话、编栏目程序、看读者信件等，为一天的工作忙碌。不一会儿，旁边的电话铃声响起。

“喂！是主持人吗？”

电话那头，有一位老人用非常和蔼的口气问道。我也用既尊敬又温和的语气回答：“是的，这里是《天空云使》栏目。”

“我是一名听众，我可以送一首音乐礼物吗？”

“当然可以，您想送给谁，送往哪里？”我在案头铺好纸，拿上笔，准备记录祝愿词。

“我……我……对我恩重如山，永远……永远……”电话那头说话断断续续，还夹杂着百感交集的微弱的哭泣声。我耐心地劝他不要着急慢慢说，我会一一记录的。

不管我怎么劝导，电话那头说不出一句话，反而像一个小孩一样大声地哭喊起来。我是第一次遇见这样的突发状况，感觉不知所措。平日里，那些送音乐礼物的听众个个能说会道，胜过我们主持人。

我与那位听众在电话两头沉默了一段时间，谁也没有说话，接着，电话响起了挂断的嘟嘟嘟的声音。

当我放下电话，发现在听筒上沾了很多汗珠。

之后几天，我有事没事地猜想关于那位听众的故事，但没有想出任何究竟来。不知为什么，我的心情莫名地感到沉重、不安。

日子一天又一天地过去了，通过书信与电话送问候礼物的听众依旧很多。但是，我再也没有接到那位老人的电话。我请同事们注意，如果接到一位老年听众的电话，请他们及时告知我。结果如石沉大海般了无音讯。

自接到那位老年听众的电话后，他的哭声一直萦绕在我耳畔，就像雄鹰盘旋在岩石上一样，久久不肯离去。

时间又过了几个月，在某个清晨，邮递员在我办公桌上放下一摞《天空云使》栏目组的信件。我一个接一个地翻过去，其中一个灰色牛皮纸的信封引起了我的注意。信封正面上用汉文写有我的地址，笔迹像小学一年级水平，歪歪斜斜，在信封背面用工整的藏文楷体写有“请交至《天空云使》栏目”字样，且没有一个错别字。我拆开信封，立即读了起来。

《天空云使》栏目编辑！我是一名藏族老人，双目失明已有好多年了。18岁那年秋末正在打场时，我的视力突然衰竭直至失明。这个突如其来的不幸使我痛苦万分，生不如死。我的一切又得从黑暗世界开始。

为了治好我的眼睛，家人变卖了包括家畜在内的所有家产。在那个交通不便、信息闭塞的地方，我把自己的不幸视为命运的安排，独居在狭小的房间中，足不出户，度日如年。去年十月，在寒风瑟瑟的一个早晨，我终于鼓足勇气走出几十年来从未离开过的房间，与同村一名青年为伴，坐上了开往西宁的班车。

一路上，我的心情很复杂，为自己是否在异想天开、做白日梦而感到焦虑不安。到达西宁后，在那位同村青年的帮助下，我拨通了主持人杨毛的电话。电话中响起了平日里收音机播放的那个熟悉的优美的声音，我含着眼泪向她介绍说，自己是从基层来的一名藏族老人，双目失明已有好几十个年头，最近从收音机听到能够治愈眼睛失明的消息后，专程赶来找你……我的话还没讲完，主持人杨毛问我在什么地方，就这样，她不仅迅速来接我了，而且当我在西宁住院期间给予我亲人般无微不至的关怀和照顾，使我的双眼得以复明。

编辑先生，我的这些心事，不知从何开头又从哪里结束，就像讲不会的《格萨尔》史诗、解不开的绸缎死结一样，永远难以释怀……

不管怎样，在很多年之后，我能够重新见到光明世界，那是多么白皑皑、光灿灿的感觉啊！可惜，我很难见到我曾经的恩人，更无法报答她。因此，我想通过《天空云使》栏目向主持人杨毛致以最诚挚的感谢，并送她一首叫《心善则路通》的歌曲，权当一条洁白的哈达吧。

海南州兴海县希望乡牛心庄第七大队索南格培

读完信，我的视线变得模糊不清，眼前的每一个字串成了一座座绵延的雪山，非常耀眼。我立即安排了索南格培老人的音乐礼物，并配以他的书信朗读。

第二天，主持人杨毛见到我就讲，昨晚听了我主持的《天空云使》栏目并收到索南格培老人的音乐礼物，非常感谢，便转身走进了她的办公室。

几年前，索南格培老人找到了主持人杨毛，于是，她领着索南格培老人到西宁某专科医院，对其眼睛进行了手术治疗。在此期间，她自掏腰包为老人家帮了包括衣食住行在内的不少忙。

索南格培老人成功复明后已经回到了老家。在老家，索南格培老人多次借用别人的手机打来电话，向主持人杨毛表示感谢，说择日一定要报答她的恩情。杨毛不敢领受，委婉地拒绝了索南格培老人的要求。

老人家对杨毛的恩情念念不忘。有一次，在家人的陪同下，专门赶到了西宁，要当面向主持人杨毛表示深深谢意。但就在此时，正值主持人杨毛去了内地学习，索南格培老人便失去了与主持人杨毛见面的机会。如今，索南格培老人年纪大了，恐怕难有机会再到西宁见他的救命恩人了。也许，主持人杨毛早已忘记了那段往事。

时光飞逝，如今，主持人杨毛也从当初的青涩少女变成行业翘楚，深受听众喜爱。我在想，这光环背后不仅凝聚着她个人的努力，肯定还有其他不为人知的积极因素。

当然，我是通过索南格培老人的来信以及向他人打听后才知道这件事的来龙去脉的，而主持人杨毛至今三缄其口，从来不提任何关于索南格培老人的情况。真不知道她心中还藏有多少这样的故事。

索南格培老人历经人生坎坷、黑暗、孤独、厌倦，甚至快要轻生的当口，生活向他敞开了充满希望、光明的大门，他再一次站在了人间温暖的净土上。

我岁至而立之年，却从未有过今天这般灿烂夺目、荡气回肠的感觉。感谢主持人杨毛，感谢索南格培老人，也感谢生活中那些善良的默默无闻的人，让我终生受益匪浅。就像那首《心善则路通》中唱的一样，愿天下好心人天堑变通途，光明照黑暗。

细雨中的哀思

——致亡友W先生

一

朋友，你我最初相识在子科滩草原上时，因为共同的爱好和兴趣走到了一起。随着时间的推移，我俩成了铁打的朋友。你的人格魅力与渊博的知识令我肃然起敬，真有“听君一席话，胜读十年书”的感觉。从此，在这美丽的高原小镇上我们一起憧憬未来、谈论世间的形形色色，也编织过自己的理想，歌唱过生活的多彩，并绘制过大乘般广博的草原的蓝图。

岁月若舟，时间乃帆，我们用风的力量推动时间的帆。

二

岁月深处，可以撷取许许多多记忆的碎片。我喝着最廉价的青稞酒，你饮着白开水，畅谈从萨迦派的因果关系到宗喀巴的缘起学说，至今令我受益匪浅。令人惊讶的是，你虽然没有去过圣地拉萨，但拉萨的每个角落、每个面孔你都能描绘得栩栩如生，就连去过拉萨三四次的朝拜者，在你的叙述面前也呆若木鸡、洗耳恭听。你是一本活生生的志书。回想起昔日的一幅幅生活画面，我只愿静静地躺在其中。

共同的记忆是人间最甜美的泉水。

我非常清楚地记得，我俩最后的见面是一个阳光灿烂的周末。在东大街新华书店门前，你准备去买书，我要去西宁，我硬拉着你到车站送我。在路上，你说你的弟弟考上了国外大学的博士；你说你老家的木屋修完了；你还说你下周准备到老家转转，好好孝顺孝顺健在的父母。我说，你是天下第一孝子。你美滋滋地笑了。

三

你总认为做人要实实在在，且要有坚定的信念和善良的内心世界，在此基础上努力拼搏，奋斗终生。你还认为世间的花草树木、雪山和草原都是缘起的甘露。所以，周围的朋友都称你为学富五车的格西，这是实事求是。还有，在子科滩草原，若论翻译人才，你绝对是斫轮老手，绝对第一，没有之一。

四

生老病死是人间铁打的规律。但你这样突然离我们远去，使我们深深地沉陷在痛苦的大海中。四十三岁的你，连最后的一句遗言都没有留下（其实从住院到去世为止没有开口），就匆匆永别了。

五

最初我们都在想，你也会像其他病人一样住院、治疗，痊愈后，在这美丽的夏天一定会回到子科滩草原。那时，我们去看望你，然后和以前一样开玩笑、谈文学……

但现在这一切都成了空想。

六

6月27日，我们第三次来看你，你依然躺在重症监护室里，我们还是没有见到你。你的爱人痛苦地说："你的病情加重了。"我们安慰你的爱人说："子科滩草原上的很多人都很关心他的病情，并且正在积极地捐款，希望他早日康复。"我从重症监护室门缝窥视，只能看见大夫和护士们匆匆走动的身影。

黄昏，我离开病房到医院前门时，突然下起倾盆大雨，顿时挡住了我的去路。不知为什么，我不想打伞，只是傻傻地站在雨中被雨水淋湿。想起你的散文《被月光淋湿的乐章》，此刻，我的心被大雨淋透了，我的朋友。

七

在我恒常的印象中，你那黑黑的面孔和结实粗壮的身体永远是健康的，每当你戴起那副墨镜时，总觉得你更加强壮、更加健康。

八

6月28日中午，我像往常一样吃完饭看电视，然后漫无目的地翻阅书本时，朋友来电告诉我你去世的噩耗。我非常震惊，不相信自己的耳朵，再问了一次，对方肯定地告诉我说："万玛多杰去世了。"

我匆匆出门赶到医院，整个楼道里只听见你女儿悲痛的哭喊声，此时，我才能够断定你已经去世了。瞬间，有一种说不出的感觉把我团团捆住。想想你的女儿，想想你女儿今后的人生，我悲从中来，这夺走她父爱的病魔是多么地无情无义！

在最后的告别仪式上，见到你的女儿双手合十给你磕了三个长头，并祈祷你来生幸福，那一刻，我彻底崩溃，泣不成声。我在想，那胜过千千万万个神灯，它会照亮你前方的路，使你更加放心地离开苦海般的人世。

九

昨天我去了你的办公室，你的桌椅、书柜、各种书籍原封不动，似乎连一张纸都没有人动过，我仿佛感觉你依然在笑眯眯地看着书或在认真地埋头翻译，没有注意我的到来。你平时放在桌角上的父母的照片依然灿烂，我拿在手中看了许久，然后小心地放回原处。其实，我是去向你告别的，此时，我把你的电话号码也爱不释手地删除了，请谅解、请安息！

十

现在，按昼夜六时计算已经到了黎明时分。这几天，我们子科滩草原上的蒙蒙细雨连绵不断，此刻外面依然下着雨，还有瑟瑟微风。随风打在我窗玻璃上的水迹遮挡了我的整个视线，我突然伸手去擦，可雨滴依然洒落，我擦掉的只是里面的水雾。外面的雨滴夹杂着尘土和昔日的记忆在玻璃中央流向不同的方向，像过去的人生道路又像自己的手纹，显示着不同的命运之途。我的心就像日干神山一样被云雾覆盖，被雨水淋湿。我想，在这个夏天，我的天地间绝寻找不到属于自己的一片绿色草场。

上午我去了你平时最爱去的图旦达杰寺，恭恭敬敬地献上哈达、点上神灯，祈求众佛照亮你前行的路途。然而，在我的心中，你从未离去，你只是选择回归阔别二十年的故乡安度晚年。此刻，你就在你家乡的木屋里翻阅经书，或正在翻译着自己最喜欢的佛教经典。

你真的没有离去，我会在子科滩草原尽头等你回来。

第三辑

神域赛宗

神域赛宗

藏历六月，赛塘滩被鲜花和帐篷织成一道美丽的风景，牛羊像珊瑚一样镶嵌在山丘和山腰。从赛塘滩到赛宗寺后山，一路开满了很多叫不出名字的花。放眼望去，冥冥当中一名老僧穿着袈裟，手持拐杖，刚从经文与尘世中和蔼地站起，一脸笑容走向远方，而他的足迹随着清澈蜿蜒的大河坝河水伸向遥远的天际。在切莫河畔与扎西坡上，让人温暖的那位老僧的足迹依然闪烁着神圣的光环。

我沉浸在旅途的欢乐中。当太阳的光线从手指间滑落时，一种信仰的力量像洁白的奶茶在心底沸腾。在很多年之后，我依然无法把握那光体般既透明又模糊的力量。

从度母山看往前方，圣山与寺庙尽收眼底。在后山脚下，金灿灿的法幢屹立在寺庙上空，一排排白漆的僧舍在阳光下耀眼。那些远离尘世喧嚣的僧侣轻轻地走在石板路上，或徘徊在经堂门前。

据传，1923年，三世阿饶仓活佛为遂前世心愿，在赛宗山麓，修建了“智阁哲宗托桑云丹达杰林”，意为“白岩猴寨闻思慧福腾达洲”。从此，活佛心愿如禾苗茁壮成长，善法甘露飘香四溢，信教群众络绎不绝。千年奔腾的切莫河自由自在地向着自己的方向流淌，好像忘记了人间所有忧愁。

与后山成群结队的岩羊一起，聆听每一个精彩的神话传说，犹如耳畔妙音、解渴甘露，让人心旷神怡。经过山腰、岩坡，处处流淌着被加持过的吉祥山水，而它们终将汇成情器世间和谐相处的一片汪洋，永不枯竭。

经过赛宗滩，到达赛宗寺，一路的美景像赛钦花一样展露在眼前，像宗姆河一样流淌在心中。这里被誉为人间第二杂日神山，安多四大宗（名山）之一。赛宗寺背依赛宗山，山势酷似一头饮水的巨象，象鼻下垂于寺前切莫沟泉水中。多少年来，这头巨象负荷人间所有苦难，以大乘般的勇气和慈悲站立在人间最高处。赛宗山沟壑纵横，洞窟遍布，苍松古柏，葱茏秀丽。藏族当代佛学大师喜饶嘉措曾感叹她神奇的地理景观：

后山巍峨震慑不利方，
密严不动观修行清净，
前山度母四业自成功，
恰似曼遮享用一切福，
右山药林驱除病魔痛，
向内鞠躬招引布施主，
左山肥沃显密讲听旺，
外稳顶峭三学安立盛。

如上大师颂词，神域赛宗确实具备了很多殊胜迹象。历史上，直贡三世怙主、麻吉拉准、萨班・贡嘎坚参、宗喀巴大师、夏・噶丹嘉措、夏噶巴、喜饶嘉措等高僧大德都先后莅临此地并留有活动遗迹。因此，从被誉为文化摇篮的热贡到翅雪杰姆[1]左右两岸，每年很多香客不畏路途遥远，不分宗教派系，聚集此地，以敬重和正见之心拜谒每一处殊胜遗迹和修行圣地。

我以虔诚丈量了金刚洞、闻世洞、琉璃洞，拜见了莲花生大师手印、厨师化岩自在像。在八大水晶柱洞，我领了寿命护身结，祈求人们长命百岁。在报恩洞，我追忆生母曾经的脸庞，祝愿天下儿女能够报答父母恩情。在阎王秤洞，我忏悔自己前生今世的罪孽，希望有情众生永远慈悲为怀。我捻着莲花生大师佛珠，继续踏上朝山的路途。如意宝牛洞、莲花生钵盂、阎王阴阳洞、青龙盘卧洞，等等，如此充满神秘色彩的天然遗迹和奇特景观以及修行岩洞，数不胜数，完全超出我等世俗想象。

曾经，大成就者夏噶巴莅临赛宗山，在每一处修行岩洞吟唱了一首首超凡脱俗的修证道歌。如今，加持的芬芳依然飘摇在赛宗山谷。此情此景，让我顿时静下了疲惫的心，任时间流逝。

冥冥之中，在像人生一样的转山道上，刹袛（神猴）年智达瓦正引领着来自四面八方的转山客，向着吉祥坡一步一步爬上去。我突然醒来，跟随他们的步伐，到达了吉祥坡。

在吉祥坡，驻足观望四周美景，想象在很多年前，宗喀巴大师穿过大河坝水，越上吉祥坡，望见赛宗山庄严一片，便立刻颂上一偈：吉祥吉祥再吉祥，闻世吉祥美名胜。由此因缘，宗喀巴大师创立的教派传遍藏地三区，足下高徒誉满天下。我又在想，那时的赛宗山比今天更加神圣，那时的切莫河渡口比今天更加广阔吧！这里确实是个吉祥圣地。喜饶嘉措大师又赞颂：

---

① 青海湖藏音译。

能与印度学者抗辩的，
善言如狮智慧利剑齿，
萨班大智贡嘎坚参者，
光临赛宗予以加持传。

我继续走在转山道上。当拜见刹祇年智达瓦尊容时，想起了在宗姆（公主）沟独坐的红颜公主。宗姆河唱不完的史诗一样的故事依然在人间传唱。

在朝圣者印象中，赛宗山与赛宗寺像切莫河与梅朵河一样天然融为一体，并无二致。每天共同接收着朝圣者的每一磕响头、每一念六字，为众生脱离恶趣而共同发愿信心。

金色阳光从吉祥坡照进来，又从阎王山落下，赛宗山将要披上漆黑的影子。此时，虔诚的阿柔香客们静下了心，把一天的磕头数像种子一样播撒在了赛宗滩上。在他们的背后，我又看见了很多依仗信仰走过人生的脸庞与背影。

我继续在转山道走去，感觉中，有一双被加持过的巨大双手正在清除着这个清净之地的一切不清净的东西。后山上，有一群岩羊自在地穿行。陆陆续续的香客们有在外转道磕长头匍匐的，也有在内转道诵六字真言步行的。在山下寺庙上空，桑烟袅袅，法声缭绕。有一位老者与落日余晖赛跑，疾步在外转经道上，完成他今天的心愿。此时，法声与信仰充满了赛宗寺的各个角落。

临近傍晚，当我站立在度母岭时，一阵微风吹来，清醒了我的思绪，舒缓了我的心情。一天的喧嚣过后，神域赛宗重新归于平静。此刻，你又可以欣赏圣山、寺庙、僧舍的另一种夜色美景。也可以抛弃自己的一切欲望，让内心处于清净之境。仔细端详与我面对面矗立的后山，可以略微感知历来高僧大德称颂赛宗山为琉璃聚集之地的含义和三世阿饶仓活佛在此修建寺庙的心愿。

阳光逐渐熹微，花朵与青草的微笑逐渐收缩。突然下起大雨，后山的功德与花朵的芬芳被风雨使者供向了四周神灵，缓解了所有朝山拜庙者的忧愁。

夜晚，那功德、芬芳，像甘露一样滋润着六道众生的梦乡。

诞生于祖先的德滩

因为从不抓住你，你总是在我手心。

——里尔克

引言

德滩是由上中下三大沙漠组成的地名，也是一大群牧民世世代代赖以生存的地方。在历史上，这里曾经发生过著名的大非川战役。曾经，三世达赖喇嘛等很多圣贤在此留下过光辉的足迹，是通往三大藏区的必经之路。小时候，每当在德滩来回奔走，我感到莫名的惆怅与孤寂。随着一个男人的成熟，走着走着便对这个广漠的沙滩产生了深深的爱恋。唯有在这里，可以让自己的思绪像脱缰的野马一样放纵不羁。同时，任你回忆像金山般连绵不断的祖祖辈辈，也随你等待像青苗般茁壮成长的子孙后代。天下大势分久必合合久必分，但我注定不能与德滩分离也不应该与她别过。在德滩，我可以把自己的心情铺展成无边的沙漠，也可以把自己的行囊紧紧地系在马鞍，或坐卧或前行。无论如何，我深深眷恋着的德滩，我在您灵魂的山川、平地层层垒起像雪一样的很多知心话。

一

德滩是强盗的疆场，
德滩为牧民的家园，
德滩有赞普的足迹，
德滩系无尽的阴间。

由东往西经过叫褡裢的土坎后你就会到达德滩，由西往东把河卡镇甩在身后你就会直抵德滩。德滩，犹如广大的波涛像羊群一样消失后以坚硬的化石的姿态屹立着，犹如千军万马为首领奉上的贡品一样夺目着，抑或像一枚从敦煌文献中滴落的金色松脂般芬芳着。我在您情人一样微笑的阳光下，在您母亲怀抱一样温暖的午后，踏遍被岁月凿刻无数裂纹的傍晚的陵谷，把您爱恋的心情越发高涨，把您守护的信心依然坚强。

在无数次黄昏尽头的石头一样寒冷的夜晚，虽然雨水倾盆、寒风凛冽，我低吟着断断续续的山歌，只身一人欢快地与您躺在一起。我头枕黑暗见不到自己，但我不惧怕狂风肆虐、不埋怨沙尘漫天。因为母亲的德滩在天界、在人间，时刻保佑着自己的孩儿。

二

小时候，我经过德滩闯荡外面的世界；长大后，我又经过德滩回归梦中的故乡。闭目时德滩就在心底，伤心时把德滩唱成歌。无论岁月的山水怎么流转，无论历史的季节怎么轮替，这个地方就叫作德滩。

如今，我们背负沉重的行囊，行进在找寻自我的路途中，把断了书带般的往日的山川、平原堆集在一起，呈送给一位学富五车的贤者足前，就让他予以加持、除垢。

我应该按着传统的习俗，敬洒牛奶、唱响歌曲，以此呼唤、敬重、歌颂自己的父辈。世间唯一不会发霉、腐烂的真理是，没有父辈的教导和指引，就没有我们的今天和明天。

是的，虽然这个宽广的沙漠疏远了父辈与我的距离，但是因为聚集着爱恋与思念的密云，在德滩的天空总会下起期许中的雨露，不久将会生长出欢快的嫩芽。

远远望去，到处是松动的山石和褶皱的川谷，但因为脚下踩着父辈的德滩，显得坚不可摧。

三

由一颗颗沙粒堆集而成的庞大的、无垠的疆域，里三层外三层的、无尽的德滩，是牧女心中蜿蜒的希冀，是与天空同辉的银盘。一种足迹，因为在德滩以神话的姿势坚强地延续着，所以我们足可辨别一段伟大的历史的存在。一个族群，因为在德滩与大自然无畏抗争着，又和睦相处着，所以我们可以感受到一曲曲感天动地、撕心裂肺的过往。在德滩，我可以找到自己，又可以像一掬沙粒漏下般失去自我。

由盛而衰，衰而再盛，乃世间不变之法则。一片绿油油的无尽的德滩何时会在历史的交汇处像一名无主的孤儿般遗失，我们无心探究。如今，眼见一片光秃秃的戈壁，你也不能失去信心。因为，这里就是你精进的地方，在这里，我们可以描绘各种未来的蓝图。所以，德滩是一张白净的纸，是一方肥沃的三角耕地，是一间父子同聚的四柱八梁，是一处放牧千万羊群的莲花草场，是一座因缘无主的狮龙宫殿，也是那位诞生于祖先的金子般无敌的男人以及他的万千思绪。

四

在德滩，沙尘从北方吹向南方，又从西方肆虐东方，因此，四季交替的时长显得那么短促。在德滩，太阳总戴着一副毛镜[①]，大地常穿着一双皮靴。

有时候，德滩像一名身无分文的独身汉一样，黑黢黢地站在傍晚的边缘向往着外面的世界，又像一名没有丈夫的守灶女一样，独坐在黑夜的摇篮中等待着迎娶的媒人。

据史书记载，第三世达赖喇嘛也应元世祖忽必烈之邀，途经德滩前往凉州地区讲经说法。从此，佛教的光辉照耀在边陲一隅，也开启了民族团结的一代先风。曾经戎马一生的阔端王，一时在佛法的林苑乘凉、休憩。

因为对佛法的不贰信念，德滩上中下地方，派遣千位骑士迎接自己的福田，以示虔诚。

那时的德滩，沉浸在一派和睦的景象中。

五

是啊！亘古以来，我们逐渐形成了与众不同的风俗习惯——对命名过的任何山川、平原，就像对待自己亲爱的孩子一样永远难以忘怀，当

① 用牛毛制作的一种眼镜，常用于冬日雪地中，起着防反光等作用。

然，德滩也是其中最亲爱的孩子之一。每一处平原是放牧洁白羊群的地方，每一座大山是山神居住的场所，而每一条山沟，都有自己特别的习俗和歌曲。

就在这样一种习俗和歌曲的氛围下，我们忘记了劳顿，平息了怨言，悠闲地品尝着一碗甘甜的奶茶。这是何等的心境，这是世间所有幸福凝聚在一起的精髓，不，何止是精髓而已。

在这里，有时候可以听到山脉走动的天籁，有时候可以看到沙漠流动的美景，有时候也可以闻到神话拿起串珠吟诵六字真言的芳香。

德滩，像一位性情敦厚、心胸宽广的长者。常言道："是野牦牛再渴也不会喝沟渠水，是男子汉再苦也不轻易弹泪水。"这就是植入德滩骨子里的品性。因此，我用脚步丈量着时间的水流，像用心灵守护自己的羊群一样守护着正在建设中的热火朝天的德滩。

六

如今，人们为了满足自己的私欲或追求所谓的幸福，在德滩的心脏深处，肆意妄为地扎进各种铁橛和石柱。但她像一名无泪的格萨尔将士般咬紧牙关任由鲜血从七窍滴落，孤立无助。

路崎岖地伸向远方，迎接着一批又一批的脚步。但留给她的却是空瓶子的哭泣、塑料袋的自语，还有当地牧民无法知晓、科学老人无从探究的各种化学污染。

有时候，我独自坐在德滩的某个角落，眼见她满目疮痍的情景，突然感觉自己的无能与渺小。有时候，我愿化作一只雄鹰，翱翔在德滩的每一处犄角旮旯、每一座山岭小丘，甚至每一眼山洞巢穴，体谅她前世今生的愁苦，并向守卫大地母亲的神祇诉说。有时候，我愿装作一名笨拙的阿柔客[1]，站立在德滩的每一个悬崖断壁处，像放牧自己的家畜一样真心守护最后的野生动物，直至糌粑袋空了、抛石带断了、鞋底儿破了，我仍然站好最后一班岗，当一名称职的牧人。除非，山神爷亲口允诺我“解甲归田”。

七

黎明之前，梦收回了千百个牧人一夜的闲适，以古代士兵身披铠甲的姿势站立在您的每一个垭豁时，主人同牲畜一起睡醒，开始一天的生计与一生的追求。他们耳听八方、眼观六路，这是在等待远古的召唤，还是在追寻山水的流向？

那位背水妇女还在描绘着生活的图案。

那位背枪猎人还在张望着四处的动静。

无论幸福还是悲苦，德滩就是他们兄弟一样可靠的一根拐杖。

天果洛、地果洛，只有经过德滩你才能到达，玉树临风、秀美多姿，唯有通过德滩你才能亲近她。从古到今，每当各路游客途经德滩，无不思念着自己的故乡。从这个无垠的沙漠脱身后，感慨世间再无任何困难可言。

不经历风雨，怎能见彩虹。你经过德滩往东走，就会到达高原最美丽的恰不恰镇；你经过德滩往西走，就会到达高原第一镇——富饶的河卡。在这里，神圣的巴颜喀拉永远守护着无边无际的德滩，就像自己的孩子一样。

---

① 来自藏族民间故事的人物形象，虽显笨拙，但却善良、执着。

八

德滩的昵称就叫作沙漠。而沙子是人们建造房屋的主要原材料之一。因此，黑虫和蚂蚁感到焦虑不安。

沙漠，是希望和失望、生与死的象征。牦牛群，像僧人手中的黑色串珠一样，镶嵌在凹凸不平的沙丘上。毫无生机的骷髅，像困苦、孤独、饥饿的乞丐一样，成为沙漠的另一种景象。一只雄鹰奋力展翅，但翼尖陷入沙漠中。一匹骏马激昂奔驰，但四蹄沉入沙漠中。

今天，宛如银盘的这片沙漠不该继续裸露在世人面前，而应该把希望的绿色种子播撒在她的四面八方，我们责无旁贷。我们匍匐在朝圣路途的坚定心力，若能化作绿化沙漠的能量，再也不用为神圣的巴颜喀拉被沙漠侵蚀而担忧，再也不用为昨日烙下的脚印被今日风沙吹散而犯愁。反之，无论怎样把门窗锁紧，一旦狂风肆虐，沙尘就会无孔不入，侵扰你屋内的每一个角落。总有一天，当沙漠失去耐心，露出她的真面目时，将会吞噬我们的一切，包括我们的未来。这绝不是危言耸听，如果你到过德滩。

九

在德滩，如果你要找寻太阳的方向，无论翻越多少座山丘也枉然，最后只能落得个一无所有，还必须强忍着双眼刺痛、瞳孔膨胀的感觉。在冬日，太阳当空照，你挽起裤腿走在沙漠中，全身暖乎乎，有种此去不复返的冲动。在晌午，穿着皮袄的太阳舞动在零星的灌木丛中，从其怀抱和袖口以水滴的姿势散落的光线，渴望滋润身处杂草与沙漠中无心觅食的羊群，以及它那用一碗凉水加一口糌粑打发时光的主人。是的。唯有松软的干牛粪和散落的羊粪蛋，为世代的黑色帐篷与低矮土房送去些许红火的话语。

一片绿意盎然的阿措草原虽然与你离得很近，但是丝毫没有改变你银色的个性，你依然以自己的尊严生活着。

一座巍峨庄严的巴颜喀拉头戴岩石、腰缠森林、脚踏草场，一年四季矗立在你的眼前，你依然不卑不亢，以自己倔强的性格生活着。

一方美丽富饶的满章岗，常年桑烟缭绕、香客不绝，但是你从不生长妒忌的荆棘，更不会怒视相对。

十

在德滩，石群背负石群向着沙滩走去。

在德滩，寒风引领雨雪向着边地走去。

在德滩，老狗竖立耳朵等待土匪到来。

在德滩，虽然没有玫瑰花与情人节，但是动听的情歌从未断过。

黑白相间的骏马，
见到路途想奔驰，
又见嫩草欲停步，
你到底走与不走，
我不知向你问询，
请如实给我答复。

满口洁牙的情人，

见到父母想起身，
又见少年欲坐下，
你到底留与不留，
我不知向你问询，
请解答我的疑惑。

一首首情歌在德滩上空飘扬，为青年男女插上爱恋的翅膀。善良的牧羊女站立在高地，等待着黝黑高大的心上人归来。而那位可爱的小姑娘，注目于蝴蝶飞舞、牛犊飞奔的场景，露出了花朵一样芬芳的笑容。

十一

来到德滩，我像回归了自己的童年一样。我绞尽脑汁把烙在心底的足迹找回。在记忆中，德滩与如今的模样天差地别。据老人们讲述，就在他们那个年代，德滩水草丰茂，牛羊成群，一派“风吹草低见牛羊”的繁荣景象。如今，牧歌断断续续，帐群零零星星，雄鹰不见踪影。

在冬季，寒风抓住连绵的雪山，铁栏拥抱牧人的梦境。

昨天，祖辈们放牧千只羊群的山坡如今已成为沙尘与寒风的坟墓。曾经，拉毛奶奶挤过百头母牛的笑容与美妙的挤奶歌，如今已成为遥远的传说。

我以满章岗圣山的姿势站立在德滩中央，去追索往日成群结队的黑熊、野狼、羚羊、鹞鹰、斑鹿，却为见不到它们的半点踪影而潸然泪下。我久久盯在那些泪滴般的左一圈右一圈的脚印上，遥想它们延伸的方向，激动的心情难以平复。

有时候，我需要在自己心灵的天空点缀上抚慰的彩带，遮蔽那莫名的忧愁与伤痕。然后，任自己酩酊大醉，酣然入梦，再也不想醒来。

十二

黄昏，在落日余晖中，各种器械无情地翻动着蝴蝶般绿色的面容，而无奈又孤寂的那位牧羊人头枕德滩的胸怀，等待春天的甘露降临，等待业力的果实成熟。

德滩，请不要睡觉，因为这里有悍匪出没；

德滩，请不要走开，因为这里是父辈的故土；

德滩，请不要酩酊，因为这里有您可爱的孩子。

在德滩，无处落脚的牧人，沐浴在瀚海，伴着吠声入睡。迷失方向的那颗星星，跌落在德滩，点缀了牧人的梦境。

失去了理想信念的那位牧人把自己的岁月镌刻在德滩的心灵深处。

或者，理想是磐石不会开花；

或者，理想是尘埃被风吹散；

再或者，理想是岩山被铁桩凿穿。

曾经，心胸比天高比地广的那位牧人以一种可怜的方式迷失了自我，一脸茫然。

十三

在深夜，失明的沙尘大声敲响每一座低矮的土房，用力掌掴马路左右的柳树。但土房依然歌唱生活，柳树依然舞动人生。

在深夜，德滩的颜色是黑色的，德滩的形体是长方的，德滩的心情是孤独的，德滩的思想是混沌的，而德滩的宗教是上乘的。

德滩，无形无状的岁月潺潺流淌，当花季少女般的黎明凉爽地抵达时，您是牧人心中永远的故乡——父辈用心血丈量的脚印。啊！德滩，如同我心灵般的德滩，您是我的母亲，您又是我心爱的姑娘，因此，您胜过我所有的雪山美景。

如今，上中下德滩就像碉堡一样站立在高原一隅，静静地守护着一方土地和人民；如今，不时翻腾的沙尘暴就像一次严苛的军训一样，让充满敌意的对方望而却步；如今，德滩就像我的情人一样笑眯眯地融入我的身心，而我以我的步履走过她的一年四季。

十四

藏历六月的季节，在德滩到处生长着充满希望和极具个性的绿草，为无边无际的戈壁增添了美丽的颜色。在细雨蒙蒙中，世界一片油绿，不知何方吹起的微风，沁人心脾。嗅着熟悉的芬芳，蝴蝶在德滩翩跹。牛羊在沙丘间欢快地穿梭，追逐难得的绿地。放眼望去，一片片绸缎般的绿色连着地平线，与德滩融为一体。偶尔会幻化成一幅白茫茫的童话世界，如梦如幻。你不用担心自己会失去方向，不回头，无牵挂，继续快乐地向前行进吧。

结语

德滩，是阿尼玛卿雪山往高升腾的心绪，是翅雪杰姆往南退去的足迹，是雪域母亲亲生的骨肉。

由东往西经过叫褡裢的土坎后你就会到达德滩，由西往东把河卡镇甩在身后你就会直抵德滩。

今夜，我站立在您寒冷深处，抛弃女人，放弃我执，聆听您大乘般的心声，身披乌云、月亮抑或群星的铠甲，为了您和我们明天的耕耘而忙碌。从每一口垭豁与山顶的拉则[①]中取下刀、箭、矛三兵，武装我千年隐匿的心灵，征服人间所有的荒凉与颓败。

有一年藏历三月的早晨我路过德滩，看见一群臂力过硬的壮汉与头戴绿色头巾的姑娘，在下德滩某个角落正忙于培土植树。此时，太阳从遥远的天际线缓缓上升，照亮了德滩每一个角落，也照亮了我回家的路途，金黄一片。

宽阔的马路伸向德滩尽头的家门，无论我如何走过，都不会忘记这梦想般的、沙尘似的一粒粒阳光和一滴滴汗水。

黑白相间的骏马，
见到路途想奔驰，
又见嫩草欲停步，
你到底走与不走，
我不知向你问询，
请如实给我答复。

满口皓齿的情人，
见到父母想起身，
又见少年欲坐下，
你到底留与不留，
我不知向你问询，

① 山顶插有风旗、木箭的石堆，类似敖包。

请解答我的疑惑。

那首动人的情歌再一次在德滩响起。我归心似箭，奔驰在回家的路途中。

织不完的花环

一

织不完的花环，在盛夏世界，是镶嵌在我颈项上的饰物。从此，我是群星环绕中孤独行走的月亮，在海边、山顶、云间、城中，叠起自己的影子，忧伤地蹒跚。

二

往常，我是被热流灼伤的沙漠，驼铃声声跌落在我心间，多么难耐。但是，它赐予我回忆、留恋，还有勇气与快乐。

日日夜夜，每时每刻，盼你的心情像被寒风卷起的旗帜一样破烂不堪。织不完的花环，你真的是永远织不完的那圈花环吗？

三

因为盼着你，当初的幼苗把头摇又摇。

因为望着你，草原的赛钦花笑眯眯。

因为想着你，大地的脸庞金灿灿。

因为念着你，眼中的天空白皑皑。

也因为恋着你，我纯洁的爱情变成河畔的石头，遭到人们的嘲笑，而鄙视的浪潮一次次地击打着我，此情此景，我难以书写。

听见了吗，遥远的爱人，我心中的呼唤与所有歌声。

四

这一生，我们的相聚该不会是一场美丽的错误吧。

这一生，我们的邂逅该不会是一次偶然的缘分吧。

这一生，我们的相濡以沫该不会是永难抚平的痛苦吧。

但是，我必须穿越孤寂的漫长的冬天，去寻找相聚的禾苗发芽的春天。在那里，我的期望与呼唤、理想与心愿，所有的所有都可以像花儿一样绽放。

五

啊！织不完的花环，你留给我的是美丽的回忆，还是演不完的爱情戏剧的开场？无论如何，漫长的冬天将会过去，温暖的春天必然来临，而浪漫的夏天又会接踵而至。因此，在阳光明媚、白云悠悠、羊群结队的地方，可以为织不完的花环增添一抹浓重的色彩。

六

我的爱情，是永远绽放在你孤独草甸的一朵玫瑰。

我的思念，是时刻翱翔在你心灵天空的一只雄鹰。

我的心情，是一向照耀在你冰冷世界的一轮太阳。

为了爱情，我始终愿做一个在山川与雪线行走的孤独的猎人。从此，我习惯了以天地为家、默默等待的方式。

七

没有你的岁月里，我的生活像没有顺序的数学解题，抑或像错误的几何图形。

不管怎样，我无法忘记你。如曰："静思上师的尊容，无法显现在心底；不念心爱的脸庞，总是浮现在眼前。"为了你，我可以为自己的生命画上句号；为了爱情，我可以从富有与权威的宫殿逃遁，与你一起，在人间所有的角落烙下我们不朽的足迹。那时，没有人不为我们充满神话与浪漫的爱情故事献上羡慕的花篮。

八

银色的月光依旧明亮。岁月的痕迹不会磨灭在我心灵的镜子盛开的你的脸庞。我的爱情的绳结越发拧紧。因此，我爱你，不是我的错误与痛苦，而应该是我的幸福与欢乐、理想与心愿。也因为如此，为了爱情，我会在寒冷与风雨中充满乐观地等待你。

九

因为我相信自己的第一感觉，所以我不会埋怨织不完的花环。我依旧爱恋着织不完的花环，织不完的花环是我当初的梦想，也是我最后的喜悦。在等待你的无数个岁月中，我油黑的头发渐渐发白了。但是，我的双眼细致地阅览着、机灵地守护着，数不尽的傍晚与清晨的四面八方。

十

今夜，我继续等待。等待是一种幸福，等待是走不完的鲜花的世界。你是否在江那边已经启程了？我头枕被月光润湿的树木，把五官的使者遣往你的四周。织不完的花环。

我是你爱情的主人，我又是你爱情的奴仆。

我爱你，不是我的错误与痛苦，而应该是我的幸福与欢乐、理想与心愿。为了爱情，我会在寒冷与风雨中依旧充满乐观地等待你。我的织不完的花环。

无怨无悔的冬景（外一则）

初次之断想

在这样的冬景，从一名两岁孩童的学步与笑脸中，寻回了二十四岁前的自己，我深深向往那个梦境般的岁月。

我非常留恋那个梦境般的岁月，任何自己的愿望，可以让它从那个岁月的胸前像河水一样自由流淌，任何自己的需要，也可以从那个岁月的胸前像母亲的乳汁一样索要。还有，可以歌唱父母健在的功德，可以策马奔腾，与风赛跑。

那个梦境般的岁月，至今我无法忘记。愿它像永不凋谢的一枚绿叶，常挂在我思念的树梢。

朴素之思索

寻觅着很多座山脉的尊容，品尝着很多条河流的甘甜，来到这二十四岁的冬景。曾经，因为精进，让我无数次不分白天和黑夜；因为懒惰，让我承受父亲那天地眩晕般的掌掴。当我迈步在人生漫长的起点，我知道在前方矗立着一座山的高度。

是的。走到今天，我从未寻找过真正的自我。但为了伟大的理想，我已经在正确的旅途启程，为了顺利完成人生布置的每一次作业，我经常需要燃烧思想的火焰，且让这火焰更加猛烈吧。

甜蜜之往来

人生本来为一场旅行，它始于旅行又终于旅行。在每一个驿站，无疑喝了很多朋友情谊之鲜奶、劝诫之甘露。因此，在甜蜜的往来中，绽放了花的容颜，放飞了鸟的欢乐。

闪烁之回忆

朋友，现在的我，站立在 20 世纪最后的冬景、最后的日子、最后的二十三点三十分的午夜。

此时此刻，为了纪念这行将结束的伟大的世纪，我把自己关进小小的房间，独自思索过往。在这个伟大的世纪，多少人留下了不朽的足迹，又有多少人悄无声息、悄然离去。

在这个伟大的世纪，在我们近代文化史上，出现过一位伟大的旅行家，他就是 20 世纪西藏奇僧更敦群培，他留给我们丰富的著作遗产，更是指明了光辉的学术前程。

在这个伟大的世纪，在我们当代文学史上，有一颗流星划过青藏高原，照亮了文学革新的天空，他就是藏族当代文学的奠基人，如今，人们以尊者端智嘉敬称。

是的，这是一个伟大的世纪，这又是一个开创的时代。

我们不会忘记，月球上存有液态——这一极具前瞻性的说法，是平措汪杰（平汪）先生通过唯物辩证法得出的结论，阿姆斯特朗寄来美国宇航局颁给他的荣誉勋章，以表钦佩。

我们更不会忘记，一生爱国爱教、利益众生的十世班禅大师，在他的有生之年，始终为祖国统一、民族团结，尤为谋取广大信教群众的福祉而不辞辛劳、日理万机，以此垂范千古。

1904 年，当江孜上空的五彩云霞被侵略者的大炮无情地轰散时，英勇的藏族人民手拿抛石带，奋力反抗，一个个就义在保卫领土的战场。由此上溯到更为遥远的 1791 年，那年夏天，喀尔喀以藏官爽约为名，再次入侵西藏，在清政府入藏增援下，西藏上下团结一心，收复失地，喀尔喀称臣请降，许诺永不侵犯西藏境内。

…………

他们的事迹，我们不会忘记。

这个冬景之功德

伟大的 20 世纪，你给予我们很多，同时，也带走了很多，包括我二十四个碌碌无为的岁月。

这个冬景，是 20 世纪最后的一道风景。因此，我把自己当作一名歌手，双手依次反复地托起脸颊，为你献唱最嘹亮的歌曲。

在我的印象中，这个冬景的每一棵草木、每一条陵谷，甚至每一片雪花，都有它自己神奇的故事，因此，值得我们每一个人留恋。

我走出小小的房间，第一次与冬日雪景中傲然挺立的草木合了影。

必将收获之果实

这个冬景已过，将会迎来生机勃勃的春天。我们每个人，必须耕耘属于自己的一分地；我们每个人，必须掌握“发尖世界的”每一处奥秘。等到秋收时节，我祝愿每个人都拥有自己丰实的粮仓。

这个冬景，确实是一个无怨无悔的冬景。在这个冬景，我的思绪张开了飞翔的翅膀；在这个冬景，我走进了很多朋友的内心世界，目睹了微笑原本的面貌。还有，我初见了以朴素的探索之勇气可以涉足艰难险阻的人生旅途之空间。因此，我永远会收藏这个无怨无悔的冬景以及它给予我的一切。

卓仓：断章

2004 年 2 月 21 日，时值藏历木猴新年，我因机缘巧合去往卓仓地区过藏历新年。在途中，想象着不久将在卓仓过藏历新年的情景，我兴奋不已，便与同行的朋友们打开了话闸子，聊起了很多关于卓仓的话题。

汽车飞速抵达卓仓，我错过了很多窗外的风景。来自卓仓七大川的藏族同胞们，在节日特有的微笑中迎来了藏历木猴年。在过年的每时每刻，卓仓——这个藏东一隅，却让我的思绪千变万化，遇见了很多悲喜交集的情景。在此，做了零散的记录，以飨读者。

甜美的歌曲

像金色阳光般耀眼、甘醇奶茶般甜美的，是歌手东措富有激情、清脆的歌声。她的宛若天籁般的优美歌声，让我顿时想起了母亲的草原和父亲的山川。

随着歌声悠扬的旋律，我穿越时空，走进了几百年前宗咯十八部落的每户家门，与他们载歌载舞，共庆这五彩的节日。

此时，卓仓的每一棵草木、每一条河流，都沉浸在歌手东措的曲调中。

一声花炮，惊扰了树梢上的几只麻雀，它们四散飞去。

寂静的瞿昙寺

1392 年，大成就者郎嘎巴在此修建了瞿昙寺，时至今日已走过六百多个春秋。在六百年前，瞿昙寺香火旺盛，名扬安多各地，慕名者熙熙攘攘，在曲径通幽中络绎不绝。相传，瞿昙寺的大钟敲响，巴彦城的马惊跑。从侧面说明了瞿昙寺在历史上的地位和名声。

如今，瞿昙寺归于一片寂静中。衰老的皱纹、沉重的思虑，使瞿昙寺被遗忘在历史的某个转折点、被抛弃在朝拜者虔诚的目光边缘。

我把瞿昙寺托举在头顶，磕下了神圣的三个长头。举目向沉寂的转经道望去，与大成就者郎嘎巴有关的点滴随我多情的眼眶打转，流成一串串泪珠。

距离中的距离

因为情，我去了城子、石坡沟、下营等藏族村落。在那些藏族村落，他们依然吃着糌粑、羊肉，他们依然起名才让、卓玛。但他们不会讲藏语，包括父母、孩子。恕我直言，不会讲母语的他们，与他们的名字显得很不般配，就像木碗里喝西茶一样。

一首《我们同为一家人》不知从何时响起，每一句铿锵有力的歌词让我们紧紧地联系在一起。看来，他们非常喜爱这首歌。当我们初次到达瞿昙寺时，他们以这首歌欢迎我们；当我们离开瞿昙寺时，他们又以这首歌为我们送行。

回到了原点

汽车飞快，在回程的路上，我同样错过了很多窗外的风景。不知是为什么，我意志消沉，情绪低落，既失语又反胃。此时，脑海中依稀出现了正在变化中的卓仓以及卓仓的歌声、表情、服饰、语言，等等。这又让我想起非洲电影《根》。

汽车已经回到了我们出发的原点。而我们像四处飞散的麻雀一样，各自回家。

玉树不倒

仙羽如雪暂徘徊，
欲将此身借翼载。
不学令威控鹤去，
理塘相见即归来。

当快要唱完这首道歌时，小伙子次仁顿珠伤心地哭出声来，随之，我的眼眶也湿润了。很多很多年前，这首道歌唱自一位大智者，但我至今还不明白其中深奥的意思。2010 年 4 月 14 日早晨 7 时 49 分许，青海玉树发生 7.1 级地震，生灵涂炭。在玉树的废墟中，当临时翻译的小伙子次仁顿珠应记者要求唱起了这首家喻户晓的道歌。一刹那，我对这首传唱几百年的道歌有了新的理解。

是的，美丽的仙鹤，请把您的翅膀借给我，我要飞往玉树，很快就归来。

那个普通的早晨，那个和蔼的早晨，那个欢聚的早晨，那个还未失去梦想的温度的早晨，被一场突如其来的无情的地震给彻底毁灭了。房屋坍塌，家人失散，生命摧残，财产损毁，草原崩溃。美丽的玉树瞬间变成人间地狱，死寂一片。

那个早晨的画面，就这样被定格在每个人永恒的记忆中。

那个早晨，时间踉跄，跌倒在地上，前进中的玉树的时针就此停滞不前。

勇敢的玉树人民，请不要气馁，请不要低头。此时此刻，全国人民正关注着你的生死，全世界人民正关注着你的命运。

噩耗传来，来自全国各大小城镇、寺院的救援队伍犹如一条条长龙，排队行进在通向玉树的路途中。电视、广播、报纸、期刊、网络，都在第一时间报道着玉树地震的实时情况。满载救援物资的各种车辆浩浩荡荡，为你及时送去了希望和关怀。

千百座寺庙桑烟缭绕，为失去的生命超度。千万个手持念珠的同胞，为幸存的人们祈祷。还有，上至国家领袖，下至小学学生，都在关心着玉树，为玉树伸出爱与情的双手。

时间过去一周。两千零三十九人丧生，两百多人失联，一万余人受伤，而将近十万名群众无家可归，需要及时安置。

虽然伤之深、痛之切，但英雄的玉树人民在自然灾害面前咬紧牙关，与地震现场的救援队伍一道参加了救援工作，硬是从阎王手中抢回了一个个鲜活的生命。他们中包括师生、僧侣、军人、医生、记者、公务人员。他们用充满精进与力量的双手，从废墟深处托起每一条奄奄一息的生命时，能够感觉到人间真正的温暖在哪里、举国团结的力量是什么。

在受灾地区，救援人员与时间进行赛跑，不分昼夜，废寝忘食，在抢救伤员的同时，清理现场，运送食物，帮助灾民寻找亲人，谱成一首首动人的歌曲，在玉树草原回荡。

玉树不倒。虽然，无情的地震践踏了你碧绿的草原、蹂躏了你亲爱的孩子，但是，无法夺走你手中的明天。因此，玉树不会倒下，将永远挺立在青藏高原。我们与你在一起，而你又在我们每个人的心底，不离不弃。累了，你就歇一歇；渴了，你就喝口水。我们永生为你高举着祝福的哈达。

听到你的灾情，远在拉萨的一名高中生，从每个月的生活费中挤出半个月的捐给了你；近在青海的一位女士，白天连着黑夜为你烧制了一篓焜锅馍馍。还有，家在甘孜的一个八岁孩子，把一年积攒下来的五十块零钱统统寄给了你。化隆、华锐、果洛、理塘、青海湖，不分地域，不管距离，为了兄弟情谊，也为了大爱无疆，都纷纷献出各自绵薄之力。

根据天气预报，今天，玉树下起了一场雪。比雪更加寒冷的我的心飞向了结古镇，飞向了满是尘土、残垣、饥饿、惊恐的结古镇。今夜，玉树的月亮和北京的月亮一同高挂在天空中央，但愿，在夜空中闪烁的无数颗星星化为抚慰你心灵的一盏盏酥油灯。尼玛坚赞校长是否找见了埋在灰尘下的孩子们？小伙子次旺仁增是否与七十五岁高龄的奶奶安详入睡？埋在废墟下一百三十小时后，奇迹般生还的那位姥姥又是否安康快乐？受灾现场的兄弟们，是否能够吃上一顿热气腾腾的晚饭？

瞬间失去亲人的痛苦是多么沉重，我无法想象。疯狂的大地啊！请再也不要惊扰玉树甜美的梦境。等明天黎明，一切又得重新开始。祝新的开始有新的收获！

玉树不倒，屹立天地间。

译跋

这是我的第二部译作。作为中国少数民族文学发展工程之翻译出版扶持项目，之前，我有幸翻译了藏族青年诗人那若的《残垣》并顺利得以付梓。与第一次相比，有很多共同或不共同的感受在我心底交替上升、沉底。那若和帕旺（万玛仁增之笔名，意为石头），是我共同的朋友，交际之深，友情之浓，唯有时间可为佐证。《残垣》和《父辈的故土》，一个是诗歌集，而另一个则是散文集。因体裁之不同，决定了翻译的过程和感受之区别。翻译帕旺的散文，没有那若的“躁动与不安”，它是自然之流露、真情之表白，与时下卖弄技艺、矫揉造作的文章相去甚远，让我有了一次彻头彻尾、酣畅淋漓的文字旅行。正因为如此，我很难下笔写一篇简短的译跋。也或许是因为我跟“帕旺”离得太近，以至于无法看清这块石头的全貌。所以，我不想做断章取义、以偏概全式的评头论足，妄作结论。

在翻译万玛仁增的《父辈的故土》的过程中，再次读到其附录部分有他写的一篇散文评论，我突发奇想，就是把他的这篇散文评论摘译出来，取译跋而代之。这样，读者通过“他对他”的解读，可以窥见他的散文创作和审美情趣。再说，其中某些体会和看法，也与我对帕旺的体会和看法有异曲同工之处。那么，这又何尝不是一件一举两得之事呢。全文摘译如下：

2011年度藏族散文创作之我见

莫言获得诺贝尔文学奖，这是中国文学界的一件大事。为中国作家们继续耕耘、创作更好的作品树立了很好的榜样。在藏族文坛，藏族作家们同样深受鼓舞，呈现出为文学创作空前尽力尽责的一派景象。2012年，由青海民族出版社出版的《2011年度文学》（共5卷）就是很好的例证。在此，我对其中《散文卷》作一简单的梳理和评述。全文摘译如下：

游记散文的春天

一直以来，游记散文在藏族散文创作中占据着很大的比重，其主题一般可以概括为山川、名寺古刹、石碑碑文等。但是，格勒达瓦的《藏史宝库之珍珠项链》一文，以藏族吐蕃墓群为对象，突破了以往"三不出"的主题。作者对山南琼结县境内的十六处吐蕃墓群做了为期数天的田野调查后，根据历史文献、口头传说以及现状，结合自己的情感体验，详细描写了一千多年前吐蕃王朝的辉煌历史。虽然为带有议论性质的一篇游记散文，被赋予了很多历史与人文内涵，但也不乏作者直抒胸臆、触景生情的优美语句穿插始终。与当下游记散文基本都写成旅游指南和行程表相较而言，具有很高的可读性和艺术性。尤其是以轻快的笔调、生动的描写，把在吐蕃古墓群的所见所闻所思等真实地记叙下来，给人身临其境的感觉。

除此之外，万玛项千的《纳塘寺见闻》、嘎玛贡加的《牧场速记》、闷伯的《故地重游》、夏雄·央巴的《游五台山》等，从主题挖掘到表现手法，都无不代表着近年来藏族游记散文的最高水平。其中，意识流、场景转移等现代主义小说技巧在散文创作中嫁接应用和尝试，打破了以往藏族散文创作手法比较单一的局面，值得肯定。

父母恩重如山

如今，父子为钱财反目成仇的、孩子成家后把老人赶出家门的、生女不生男就把孩子偷偷卖给他人的，等等，已经司空见惯，见怪不怪了。在如此道德败坏、无良心可言的社会风气面前，身为社会良知的社会群体之一，作家朋友们应该拿起他们手中最锋利的笔予以无情地揭露和批判。这怎又不是藏族作家良知的坚守与发现呢。德吉卓玛把自己再熟悉不过的母亲的"双手"作为聚焦点，结合自己的成长历程，以从点到线、从线到面的逻辑为出发点，描写了母亲不为人知的种种功德与恩情。"母亲说，我刚出生时才有她手掌大小。"作者一落笔就以"手"作为引子，始终紧紧围绕"手"而谋篇布局，层层递进。文章构思巧妙，以女性独有的细腻情感向自己的生母或天下所有母亲致以崇高的敬意。感情真挚、语言生动，作者运用象征和比拟的手法，将思想寓于形象之中，因而具有强烈的艺术感染力。更为可贵的是，我惊叹于作者词汇之如此丰富与表达之如此准确，这在藏族青年男女作家群中少有出其右者。

另外，普布次仁的《天下父母心》、贡保吉的《月亮梦》、尼玛顿珠的《父亲缝制的藏靴》、次仁央吉的《童年谣》等，不失为年度散文佳作，都以诗一样的节奏和声韵，表现出浓浓感恩之情。

正在失去的记忆

作者奥拉近一万字的散文《藏酒感想》，是2011年度最为值得关注的一篇，它的主题涉及之广远远超出其他同类作品。作者从藏族各地民歌到作家散文《茶酒仙女经》，罗列了有关酒的种种描述。笔锋一转，作者说明了日喀则地区民众对青稞酒的深厚感情；卫、藏两地与其他藏区异样，“酒”与“青稞酒”之间概念之不同；青稞酒，又分喜酒、愁酒、供酒等情况。接着，以诙谐的语气讲述了酒的罪过，现实中因酒发生的各种令人啼笑皆非的醉酒故事。除此之外，着重描写了酿酒的条件与工序，酿酒时家庭主妇的行为忌讳，饮酒场合的礼仪和风俗，不同地方对唱酒歌的讲究、对酒的称谓的多样性等。《藏酒感想》集知识与艺术、诙谐与严谨于一体，向读者详细介绍了藏族酒文化的同时，展示了卫、藏地区淳朴的民风、优良的传统，具有学者散文的典范。

还有，他的《记忆中的油灯》、加华嘉的《牦牛》、果美·多杰仁青的《三因具善的人生格言》、阿多的《散文三则》之《宴席及其相关知识》《酒与女人》等，这些比较相似的散文，引人注意的首先并不是叙述形式，而是所谈论的内容，显示了知识分子对正在失去的传统技艺、集体记忆等全球性问题给予高度关注和人文关怀的态度。因此，也使其具有一定的思想深度和情感厚度，更为藏族散文创作融进了很多新的积极的因素。

以上为《2011 年度藏族散文创作之我见》摘译部分。

在此，需要说明的是，《父辈的故土》入“圣洁海南丛书”（4 卷）第二辑，于 2017 年由青海民族出版社出版，是万玛仁增的第一部散文集。《父辈的故土》收录了作者自 2008 年以后创作的包括附录在内的 57 篇作品。在翻译过程中，除了 13 篇加之最近发表的 2 篇外，其余带有实验性质的长句散文（从头到尾没有标点）和明显具有论文特点的文章，出于读者对象之不同和语言转换之不便，均未列入此次翻译范围之内。因此，《父辈的故土》汉译本突然“瘦”去了将近三分之二的篇幅。但是，这丝毫不会影响读者对万玛仁增散文的大体了解与欣赏。在体例编排方面，主要以叙事类、人物类、抒情类归为三辑，其中每辑均安排了五篇长短不一的作品，最终形成了共三五十五这样一个篇幅，寓意圆满、美好。至于译文水平，我在《残垣》后记交代过——新手上路，不免踉跄，请前辈斧正。

最后，感谢中国作家协会、青海省作家协会，是他们一如既往地予以肯定和支持，使《父辈的故土》汉译版得以顺利付梓。感谢作家出版社编辑史佳丽、李亚梓女士，是她们的耐心和善良，在部分文稿因不慎丢失的情况下，给予我充足的补译时间。再次，感谢包括责编在内的为拙译斧削、润色付出心血的朋友们。愿一切吉祥。

权当译跋。

译者于古青唐城雪石斋

2019 年 9 月 10 日

图书在版编目（CIP）数据

父辈的故土 / 万玛仁增著；切蒋译. -- 北京：作家出版社，2020. 6（2023.1重印）
（中国少数民族文学发展工程·民译汉专项）
ISBN 978-7-5212-0820-7

Ⅰ. ①父… Ⅱ. ①万… ②切… Ⅲ. ①散文集 - 中国 - 当代 Ⅳ. ① I267

中国版本图书馆CIP数据核字（2019）第286811号

父辈的故土

作　　者：万玛仁增
译　　者：切　蒋
责任编辑：史佳丽　李亚梓
特约编辑：陈　涛　郑　函
装帧设计：薛　怡
出版发行：作家出版社有限公司
社　　址：北京农展馆南里10号　　　　邮　　编：100125
电话传真：86-10-65067186（发行中心及邮购部）
　　　　　86-10-65004079（总编室）
E-mail:zuojia@zuojia.net.cn
http://www.zuojiachubanshe.com
印　　刷：中煤（北京）印务有限公司
成品尺寸：152×230
字　　数：85千
印　　张：7.25
版　　次：2020年6月第1版
印　　次：2023年1月第2次印刷
ISBN 978-7-5212-0820-7
定　　价：36.00元